# 対怪異アンドロイド開発研究室

ANTI-PHANTOM
ANDROID
DEVELOPMENT
LABORATORY

饗庭淵

角川書店

# 対怪異アンドロイド開発研究室

CONTENTS

# 不明廃村

## 1

彼女にはいくつかの優れた機能がある。

話題が無限分岐し堆積《たいせき》していく雑談でも自然言語による受け答えができる。

ZMPを見極めながら階段や斜面の昇り降りができる。

補給なしに六時間以上の連続稼働ができる。

ドアノブを摑《つか》んで回すことができる。

おばけが見える。


「お？　お？　おお？　マジマジマジ？　こんなとこに、こんな可愛い子が？」

一人の男が闇夜の奥から姿を現す。ライトを片手に、小走りに。彼女は四種の暗視機能を持つため話しかけられる一〇分前、男が二〇〇メートル先にいた時点からその姿を認識していた。

「うっひょぉ〜、うぇいうぇいうぇ〜い？　すっげえ偶然じゃん。奇跡？　こんなとこで会うことある？　運命かな？　あれ、いや待てよ。もしかして……幽霊だったり？　でも、君みたいに可愛い子なら幽霊でもワンチャン？」

一〇メートルまで接近し相手からも認識された。優先順位を更新し詳細なタグ付けを行う。

男は倉彦浩《くらひこひろし》と名乗った。身長一八一センチ。推定体重七〇キロ。年齢は推定二十代前半。未確認の段階から便宜上「男」と呼称していたが、性別は男性でほぼ確定。髪型はツーブロックのベリーショートで白に近い金髪に染めている。服装は灰色のダウンジャケット、黒のスラックスに黒の革靴。背には大型のリュックを背負っている。腕時計、ネックレス、指輪、ピアスなどの装飾品も確認できた。

「実はさ、ここには友達と来てたんだけど、はぐれちゃってさ。不安だったのよ。こんなとこで一人きりだよ。やばない？　でも、おかげで君みたいな可愛い子と会えた。あいつらには逆に感謝？　みたいな？　でさ、悪いけど一緒に捜すの手伝ってくれない？　あ、念のため連絡先も交換しよっか。君とまではぐれたくないし」

「ご友人と連絡は取れないのですか」

「それがねー、ここ圏外でさー。圏外て！　いやあるもんだね、圏外て」

「であれば、この場所にかぎっていえば連絡先の交換に意味はないように思えます」

「あちゃー、手厳しい！　ごめんね、実のところ君とお近づきになりたいだけでさ。ダメ？」

「連絡先の交換自体は別に構いません」

「マジ？」

倉彦浩に応じるように、彼女も鞄《かばん》から「端末」を取り出す。一見してスマートフォンだが、通話など主機能は「本体」に内蔵されているため文字通り「端末」だ。このような状況に応じるための対人インターフェイスである。彼のいうよう通信不能の圏外であったが、倉彦浩のアカウントを連絡ツールに登録しておく。

「うぅ〜、てか寒いね。寒くない？　ちょっと山ナメてたかも。へえ、アリサちゃん？　アリサちゃんも寒そうな格好してるけど大丈夫？　温めあおっか？」

　現在地は標高三〇〇メートルに位置する山奥の廃村。気温はマイナス二度。植生は主にスギ、ヒノキ、アカマツなどの人工林。日中は登山客との遭遇もありうるが、現時は深夜。人と出会うことはまず考えられないというのが事前の想定だった。それは実際にほとんど正しいものであったが、対話機能にこれほどリソースを割かれる事態はやはり想定外だ。倉彦浩の口からはマシンガンのように言葉が止《や》むことがない。

「ここに来たのってやっぱアレかな。肝試し？　そういうの好き系？」

「はい。強い関心があります」

「へえ。気が合うね。だからわざわざこんなとこに、こんな時間に来てんだけどさ。雰囲気あるよね。おばけとか出そうじゃん？　怖くない？」

「おばけは怖くありません。機械《アンドロイド》ですから」

「マジ？　俺ｉＰｈｏｎｅだからなあ」

　アリサは倉彦浩を隣に歩を進める。時速四キロ。平均的な速度だ。駆動系は人工筋肉《SMAアクチュエータ》であるため動作音も静粛だ。道は土を均《なら》し砂利で舗装しただけで、木の葉や小枝、小石に覆われ路面状態は悪い。それでも彼女は問題なく姿勢を保って歩行できた。拮抗《きっこう》駆動によって路面の凹凸を関節が吸収するからである。

　頭部に搭載されたカメラは四つ。常時全周を視認できる。彼女の注意は主に倒壊した家屋に向かっていたが、「振り向く」動作は必要としない。「人間らしさ」を演じる場合はそのような動作を伴う機能もある。

村は中部地方の山岳に位置する。これは衛星写真によって確認された。だが、行政機関に問い合わせてもその記録は見つからなかった。いわゆる「廃村マニア」の間でも情報は一切出回っていない。ゆえに、名前もない。通常、廃村といっても完全に放置されることはない。保存のため管理物件とされたり、観光客向けに注意喚起の看板が立てられたりする。

この村は生活の痕跡《こんせき》を残したまま人の気配だけがない。外には衣服が干されたままだ。「廃村」と断じるには早計であるかもしれない、という判断が生じた。少なくとも、行政機関からは「廃村」とは認知されていない。

家屋数は衛星写真で確認されるかぎり七軒。どれも木造建築だ。まずは手前に見える一軒を詳細に調査するために接近する。

「え、マジ？　そこ入っちゃう？　人住んでない？」

「外から確認できるかぎり、人の気配はないようです」

アリサには高感度マイクも搭載されている。音声認識ＡＩによって高精度の分析もできる。「人の気配」とは、正確には「人が発生させうる音声パターン」を意味する。声や呼吸、動作音・生活音のパターンである。彼女の優れた対話機能はときに正確性よりも伝わりやすさを優先した語彙《ごい》を選択する。

「ただし、七〇パーセントの確率で怪異《おばけ》がいます」

「七〇パーセント？　傘を持ってく数字ではあるね」

やや奇妙な返答であったが、高度なＡＩを有するアリサは一秒以内にその意味を高い確度で推定できた。誤解のある可能性が高い。

「怪異と雨になにか関係があるのですか?」

「そそ。降ったら大変だからさ」

また奇妙な返答だが、この台詞《せりふ》はなにも考えずに口から出まかせだ。倉彦浩の習性として「女性との会話を途切れさせない」というものがある。そのために単調な否定・肯定の返答を無意識レベルで避け、意味不明でも応答を繰り返す。

アリサにとってはいささか難易度の高い性質であったし、多くの人間にとってもそうだ。

「で、どう? 入る? 入っちゃう? アリサちゃんを一人にはさせないよ?」

怪異と雨の関連性を確認するより先に、優先度の高い提案がなされた。

廃屋といえど、所有権が放棄されていないなら不法侵入である。ただし、アリサには遵法意識がなく、倉彦浩にはその知識がない。

目標は山の斜面を均して建てられた木造の平屋である。外観からでもわずかな生活感が残されているのが確認できる。庭にはプレハブ倉庫、薪《まき》、物干し竿《ざお》が見える。ただし、人が居住している確率は極めて低い。窓は割れ、玄関の戸も半開きのまま一部が折れていた。九〇パーセントの確率で「廃屋」とタグづけできた。

「暗ぁ～……。アリサちゃん、ライトいる?」

「大丈夫です」

大丈夫です、とは曖昧《あいまい》な返答の代表格のようなものだが、否定形の多用はコミュニケーションにふさわしくないと彼女は学習している。彼女には文脈を理解する能力があるし、相手が文脈を理解すると期待する能力もある。

そして、ライトが要らないのは事実だ。彼女は四種の暗視機能を持つ。近赤外線照射によるアクティブ方式。可視光増幅の微光暗視。熱赤外線映像装置。超音波による反響定位。これらは状況に応じて使い分けられる。

月明かりは乏しく木々に遮られがちな環境ではあったが、完全な暗闇でもないため可視光増幅方式で十分な精度の映像が得られた。大抵はこの方式で事足りる。

「おじゃましま〜……」

玄関口には傘や靴、バケツ、錆《さ》びた鉈《なた》、空き缶、ボトルクレートなどが散乱していた。柱はシロアリに食い荒らされ朽ちかけている。天井が一部腐って抜けており、今にも落ちてきそうだ。向かいの障子戸は紙がすべて剝《は》がれ落ち、骨組みだけが残されている。奥の部屋では棚が倒れ、冷蔵庫やブラウン管のテレビなどが視認できた。さらに座布団や衣料、押し入れには布団が積まれている。

「やっぱ、誰もいないね。そりゃいないいか。いるのは俺たち二人だけだね」

アリサには異常を検知する能力がある。これまで目にしてきたものはどれも「廃屋」から連想可能な物品《アイテム》ばかりだ。一般的な家屋ならどれもあってもおかしくない。すなわち「正常」である。

だが、あれは「異常」だ。

「わお。な・に・か・あるぅ〜」

赤い、郵便ポストである。和室の真ん中に、支柱を深々と突き刺し、投函用郵便ポストが立っている。畳は避けるように剝がれている。時系列を推定するなら、廃屋になったあとで郵便ポストが立てられたと見るのが自然だ。周囲の荒廃具合に比して輝くような真新しさで傷一つないこともその推定を補強した。

みしり、と床が軋《きし》む。老朽化した木製の床材に対し、音を鳴らさずに足を乗せることは彼女には不可能だった。一見してスレンダーな体型をしているが、彼女の重量は一三〇キロにもなる。骨格がアルミやチタン製である時点で人間より重く、駆動系やバッテリー、各種機材でさらに重量が嵩《かさ》んでいるためだ。

みしり、みしりと床材を軋ませながらも歩を進める。バキッ！　とついに床が抜けた。さすがに姿勢を乱したが、倒れることはない。

「大丈夫？　手、貸そっか？」

アリサの関心優先度はポストの方が高い。手を借りるよりも自力で姿勢制御する方が目標への接近は早い。彼女はポストまで歩み寄り、注意深く調べた。中になにかある。取り出し口の鍵《かぎ》はかかっていない。

ポストから連想されるのは「手紙」だ。手紙が得られれば、有用な文字情報を期待できる。


〈あなたが準備できています。ぜひお越しください〉


ポストには一枚の手紙が投函されていた。差出人の名はない。宛先は、倉彦浩だ。

「アリサちゃんの天気予報、外れちゃったみたいね」

廃屋の調査を終える。蓄積した観察記録に質疑応答を加えることにした。

「倉彦浩さん。いくつかお伺いしてもよろしいでしょうか」

「え、なになに？　いいよいいよ。なんでも聞いて？　あ、彼女なら募集中だよ」

「こちらまでの移動手段は？」

「ん。バイクだけど？　アリサちゃんも？　女の子が一人でバイクでこんなとこまでって、パワフルだなあ」

「ここへはいつ?」

「いつ? いつって……ちょっと待って。うっわ、もうこんな時間か。二時間くらい前だわ」

「いえ、日付です」

「日付って。そりゃ今日だよ。そんな何日も遭難してないって。アリサちゃん面白いね」

「今日は何日ですか?」

「あれ? あれあれ? 変なこと聞くね?」

「何日ですか」

「一〇月一八日。だからなに? なにかのクイズ?」


彼女にはいくつか優れた機能がある。

画像認識や音声認識、さらには揮発性物質分析機能を搭載し、それらを統合した怪異検出AIを有している。

通常仕様のAIでは、倉彦浩に対し「人間」「男」「若い」「チャラい」などといったタグを付与する。だが、怪異検出AIの見解は異なる。

出会った時点から彼を七〇パーセントの確率で「怪異」とタグ付けし、一連の質疑応答でその確率は九〇パーセントまで高まった。

現時は一二月八日。彼のものと思《おぼ》しきバイクは山道に数ヶ月単位で放置されていた。

アカウント名「くらひー@kurakurahiii」。夕日を背景に逆光で影になっている人物の写真をアイコンとして使用。プロフィール欄は空欄。フォロー三二人。フォロワー一五人。

二〇××年一〇月八日。衛星写真のスクリーンショットを添えて「変な村見つけた！　近所じゃん！」と投稿。この内容について友人らと思われるアカウントとリプライによるやり取りがある。「誰か知ってる？」「全然知らん」「じいちゃんに聞いてみよ」「たまにこの山登るけどなあ」といった会話が並ぶ。

二〇××年一〇月一八日。「前見つけた村、ちょっと行ってみる」と投稿。過去の投稿内容でも心霊スポットにバイクで向かって写真を撮ったものがあり、そのような興味傾向があることが窺《うかが》える。さらに深掘りすると、「女性との話のタネになる」といった旨の発言もある。

その二時間後、写真を二枚投稿。村の入り口でバイクを停めた写真と、奥に家屋が一軒写っている写真である。いずれもスマートフォンで撮影された縦長の写真だ。

それからしばらく更新が途絶え、八時間後に「電池が切れそう」と一言だけ投稿。現在まで新たな投稿はない。友人からのリプライにも反応は見せていない。

この廃村はあらゆる地図に記載がなく、郷土史料にも言及はない。

入口付近までは道路が通っているが、それ以上は細い山道を徒歩で登ることになる。

＊　＊　＊

アリサは自律汎用ＡＩを有するアンドロイドである。

外見は二十代女性。身長一七二センチ。体重一三〇キロ。黒髪セミロングで端整な顔立ちを造形され、体格もモデルのようにすらりとしている。関節自由度は人間とほぼ同数。表情筋もおおむね再現され、必要なら瞬《まばた》きもできる。シリコン製の皮膚も滑らかで弾力性があり、一目で人間と区別するのは難しい。高感度圧電《ピエゾ》センサーのため人間らしい反射的な動きも再現できる。

服装は人間のものを流用可能だ。ただし、これはあくまで人間社会に紛れるためのもので機能的には衣服を必要としない。むしろ排熱効率の邪魔になるため、妥協点として肩と背を開くことで排熱機構を露出している。

また、怪異調査を目的に設計されているため各種高精度の観測機器を内蔵。ＳＰＡＤセンサーカメラは一〇〇ピコ秒の時間分解能で決定的瞬間を逃さない。高感度集音マイクは可聴域五ヘルツから五〇〇キロヘルツで些細《ささい》な物音でも余さず拾う。さらには揮発性物質の成分分析、すなわち嗅覚《きゅうかく》に該当する機能も持つ。それ以外の必要な機能は肩掛け鞄に収めている。

そんな彼女に、いま魔の手が迫っていた。

「わ！」

倉彦浩より、背後から肩に触れられ大きな声をかけられる。頭部背面にもカメラは搭載されているのでその動きは完全に予期していたものだった。

「ごめんごめん。アリサちゃんってばこんな怖いとこでも全然動じないからさ。俺ってば好きな子にちょっかいかけたがる小学生マインド抜けてないんよ」

「心臓が止まるかと思いました（アンドロイドジョーク）」

航空写真から確認できた七軒のうち六軒の調査が完了した。最初の一軒で手紙を入手した以外は、めぼしい成果はない。散乱していた物品も建造物の状態も常識的な範囲に収まる。

パイプ椅子、レコード、割れた鏡、お札、自転車、剝がれ落ちたトタン屋根、手毬《てまり》、如雨露、破れたカーテン、ハンガー、炊飯器。村そのものが異常であることは明白だったが、「廃村」という前提で見るなら正常である。ただし、現在はネットワークと繫《つな》がっていないため不足するデータを新たに補完できない。あくまで彼女の保有するデータベースに基づく判断だ。記録した情報は持ち帰り、後日さらに詳細な検証を行うことになるだろう。

「あれ？　アリサちゃん。なにか聞こえない？」

倉彦浩が耳を澄ませる動作をする。耳介の裏に手のひらを当て集音性を高める行為だ。アリサにはもとより人間を遥《はる》かに超える聴覚機能が備わっている。だが、彼が「異常」だと指摘する音は認識できない。「なにか」という具体性の低いワードでは絞り込みも困難だった。

「やっぱ聞こえるって！　なんかこう、ぶぅぅー……んって」

彼は上空を指し示す。タイミングと合わせて、アリサはようやくその意図を察した。彼女にとってその音は「異常」ではなかったからだ。さながら社会的認知能力テスト《サリー＆アン》である。

「私のドローンです。一帯の周回を終えたため帰還しています」

アリサは衛星写真より高解像度の俯瞰《ふかん》図を得るためにドローンを飛ばしていた。用を終えたドローンは折りたたみ、鞄に収納する。飛行中も通信状態にあったため航空映像はすでに共有されている。

「ドローン？　そういうのも詳しい？　教えてよ。スマホで操作できるやつ？」

「スマホなどインターフェイスを介さずに私が直接操作しています」

「直接？　へぇ～、最近のはなんかすごいんだね？」

そしてもう一つ。確認したかったのは「通信妨害」についてだ。

いくら山奥だからといって、この位置で「圏外」は考えにくい。特に、彼女の通信能力は軍事用無線機にも比肩しうる強力なものだ。さらには携帯式折りたたみパラボラアンテナを用いても衛星通信の受信すらできなかった。

ドローンとの通信距離は最大六キロ。近距離での通信は問題なく成立している。SN比の低下は見られない。少なくとも「通信妨害」はジャミングによるものではない。距離による通信精度の変化を調べるため最大高度まで飛行。航空法は無視する。

結果、ある一点を中心に一定距離まで離れた時点で非連続に通信が途絶える傾向が発見された。その「一点」はさらに山道を登った先にある。すなわち、未調査で残された最後の一軒である。

「ひぃ、ひぃ、まだ登るんだ？　俺も週一でジム通ってるから体力は自信あるつもりだったんだけど。すごいね、アリサちゃん」

「日々のメンテナンスの賜物《たまもの》です」

「台詞がクールでかっきぃ～！　アリサちゃんもジム通い？　俺も同じとこいこっかな」

アリサの駆動系である人工筋肉は燃料電池を内蔵しエネルギー回生が可能である。これに比べれば人間の筋肉はエネルギー効率が極めて悪いと言わざるを得ない。並んで歩けば「体力」の差は歴然と現れる。「筋力」で比較しても発生力は生体筋の約五倍である。

道のりはほとんど獣道に近い。勾配《こうばい》は約一二パーセント。枯れた枝葉に覆われ、倒木が道を塞《ふさ》ぐ。二足歩行に慣れた人間でも足を滑らせる危険性がある。人間より優れたアンドロイドであればそのようなミスを起こす確率は統計的に無視できるほど小さい。

山が風に騒《ざわ》めいている。多くは単なるノイズとして処理されるが、そのような音の中にも怪異は検出されることもある。異常音源を認識。熱赤外線映像によって樹上に野生のテンを確認。このような情報処理を常時稼働しているためCPUは発熱している。液冷却システムを循環させ吸収した熱を外気に放出する。

「アリサちゃんってさ、普段なにしてる？　どこ住み？　近所じゃないよね。アリサちゃんみたいな可愛い子、見かけたら絶対忘れないもん」

「研究室にいます」

「研究室？　あ、もしかして大学生？　頭よさそーだもんね。ミンゾクガクとか、そういう？」

「工学部です」

「そっか、さっきのドローン！　そうだ、ロボットといえば最近話題のお片付けロボとか興味あってさ。さすがに高いな〜って手は出せないんだけど、あれって実際どう？」

「私もできますよ」

「え！　作る側!?　アリサちゃんって……もしかしてめちゃくちゃすごい人？」

当然だ。アリサは超高性能《めちゃくちゃすごい》アンドロイドである。ただし、「人」ではない。この点は訂正すべきだろう。

「私は――」

「うわ！　なにかいる！」

「野生のテンです。夜行性で、年中活動しています。驚くべきことではありません」

人間の認識能力は遅い。一方、アリサはそれ以上に興味深い発見をしていた。

看板だ。薄汚れているが、内容は判読できる。

〈クマ出没注意！〉

この山にクマの生息は確認されていない。

〈この先、私有地につき立ち入り禁止〉

この山は全域国有である。

視界が開けるにつれ、さらに無数の看板が確認できた。

〈危険！　入らないで〉

〈地滑り注意！〉

〈この先、死亡者多数〉

乱雑に、林立するように。薄汚れた看板が立ち並んでいた。

「アリサちゃ〜ん、なんか入っちゃいけないっぽいけど〜？」

倉彦浩が足を止めて声をかける。アリサはすでに看板を越えている。

「ご友人はこの先かもしれませんよ」

「そうかな……そうかも……」

倉彦浩とはぐれることは本意ではない。彼は重要なサンプルだからだ。目的に合わせ言葉巧みに人間の行動を誘導することも高度なＡＩにとっては容易《たやす》いことだ。

次第に目標の建造物に近づく。傾斜があり、木々に遮られていたが、明確にシルエットを識別できる。目標が自ら発光していたからだ。

それは廃村にあるまじき光景。山奥に似つかわしくない建造物。

明かりのついた、一見して営業状態にある旅館である。

3

玄関の煌《きら》びやかさに対し、屋内は省電力中か、というほどに薄暗かった。要所に光量の小さい明かりが灯《とも》るだけで、「人の気配」もない。ただし、これまで見てきた廃屋に比すれば清潔であり、管理が行き届いているように見える。フローリングの床には埃《ほこり》一つない。建築物としての状態もよく、観葉植物、時計、ソファにテーブルなど、整然と並べられている。

「人、やっぱいないみたいだよアリサちゃん。建物はこんな綺麗《きれい》なのに」

「そうですね。まだ全域を把握できたわけではありませんが、潜んでいるというのでもないかぎり統計的に人はいないと判断できます」

まずは行動《アクション》を起こし、反応《リアクション》を見る。彼女の行動規範は怪異調査に向けられている。

フロントにも人はいないが、薄明かりはついていた。そこには紙と箱がカウンターに載せられ、以下のようにあった。

〈料金はこちらへ　ご自由にお入れください〉

筆跡はボールペンによるもの。六七パーセントの確率で「女性」。箱を持ち上げ、軽く揺する。中は空だ。時計は止まっている。観葉植物はプラスチック製の模造品だった。ほか、卓上ベルがあったのでこれを鳴らす。チン。

「料金自由？　なにこれ？　ふつうだったらだいたい一泊一万から二万くらい？　あ、でもWiーFiないじゃん。今時の旅館でそんなんある？」

「料金表がありません」

「そだね。どしよっか。泊まっちゃう〜？　こういう旅館って二人からだったりするんだよね。俺おごるよ？」

「なので、卓上ベルを鳴らしました。三〇秒が経過しましたが応答がありません」

もう一度鳴らす。チン。

「寝てんのかな。ほらそこ、カウンターの向こうに扉あるじゃん。あの奥でさ」

「寝息など、人の気配は検出されません」

「へぇ？」

彼女は怪異と遭遇する確率の高い行動を選択する。だが、状況が特殊すぎるため傾向を予測できない。並のＡＩならフレーム問題で立ち往生するだろう。彼女は調査費用として現金一〇万円を持たされているが、ここでは「使わない」選択をした。高度なＡＩは「ひとまず」の判断ができる。

「それより、気になることがあります」

彼女のセンサーはより高い異常度を検出していた。「無人」であるなら、それは「異常」だ。揮発性物質が右手側の部屋より漂ってきていたのである。

「気になる？　俺のこと？　もしかして、そろそろ俺のこと好きになってきーたーりー？」

「においです。行きましょう」

「あ、もしかして香水ばれちゃった？　結構さりげなく香るお気に入りのやつなんだけど」

においのもと。障子戸を開けた先は、広間である。やはり明かりは最低限で、薄暗い。不祝儀敷きの和室で一八畳。宴会など食事の場として使われる部屋だろう。事実、そこには二人分の食事が用意されていた。

「わお！　アリサちゃん、もしかして腹ペコ？」

「胃袋なら空いています」

　厳密には「胃袋に該当する器官」が、彼女には存在する。容量は最大一リットル（人間の平均的なサイズより小さい）。その機能目的は人間を装って食事の真似をすること、あるいはサンプルの回収だ。今回はその両方である。

「いいにおい。うまそ。しかも出来立て？　他に客いんの？　料理人の人は？　俺も腹減ってきたなあ。って、アリサちゃん⁉」

　味覚は持っていない。詳細な分析は回収後に行う。現場で成分分析ができれば行動の判断材料に加えられるが、一機のアンドロイドに機能を詰め込むにも限界があった。よって、優先度の低さからオミットされている。それでも、箸《はし》を扱い目標を摘《つま》み口へ運ぶくらいはお手の物だ。膳《ぜん》の前に正座をし、手早くサンプル回収を済ませる。

「うっひょ〜。もういっちゃう？　さっそく食べちゃう？　いいねえ。なんかよくわかんないけど貸し切りっぽいしね。人いないのはアレでしょ。なんかあんじゃん、こういうラーメン屋。それの旅館版？　みたいな？」

　この状況に類似する連想としては黄泉戸喫《よもつへぐい》だ。

　だからこそアリサは食べた。正確には食べる真似をした。彼女は怪異と遭遇する確率の高い行動を選択する。積極的に禁忌《タブー》は破っていく。もっとも、食べる真似事がどのような影響を及ぼすかは不明だ。

「おいしいですよ。倉彦浩さんもどうですか」

　嘘である。アリサに味覚はない。高度なＡＩであるため利害判断に基づく嘘がつける。倉彦浩が人間であればなおよかったが、他に被験者がいないので仕方ない。

「よっしゃ、俺もいただいちゃおっと。いいねえ。めちゃくちゃ美味《うま》そうじゃん。それにしても、こんなとこに旅館かあ。地元なのに全然知らなかったよ。穴場見つけちゃった？」

蕎麦《そば》、お吸い物、天ぷら、刺身、黒豆、焼き魚、すき焼き、茶碗《ちゃわん》蒸し。会席料理だ。倉彦浩も膳の前に座り、食事をはじめた。

「あれ、アリサちゃんもういいの？」

「はい」

「腹ペコだと思ったけどもしかしてダイエット中？　少しくらいふくよかな方が俺は好きだけどなあ」

「軽量化は私にとっても大きな課題です」

「え～？　あんま無理しない方がいいよ？　拒食症なっちゃった子が知り合いにいたけどさ、やっぱよくないよ、ああいうの」

「生まれつき胃袋が人より小さいもので」

「そうなん？　じゃ、俺が食おっか？」

以後は、倉彦浩の観察にリソースを傾ける。食事によってなにかが起こるなら、アリサより彼の身に及ぶ可能性の方が高い。彼は「怪異」であると判断されるが、この旅館との関係は不明だ。

「うまっ！　うますぎ！　うまうま！　これが食いたかった！　俺はこれが食いたかった！　食いたかった！　俺はこれが！　俺はこれが食いたかった！」

倉彦浩は祝い事のように「喜ぶ」が、異常値の検出される変化はない。

黄泉戸喫は日本神話に伝わる逸話だ。ギリシャ神話にも類似する話がある。いずれにせよ「帰れなくなる」という結果を伴うもので、即時的な異変の期待できるものではない。連想されるだけでまったく無関係である可能性もある。

大広間を出てロビーに戻ったとき、アリサはフロントカウンターに異変を検知する。紙切れとルームキーだ。

〈104号室にお越し下さい〉

彼女は怪異と遭遇する確率の高い行動を選択する。これは、従うべき指示だ。

彼女も実際に怪異と出会った経験は少ない。ゆえに、参考にするデータベースは主に「怪談」と呼ばれるものだ。多くは「創作」、あるいは「勘違い」など人間の認知機能の不具合で説明可能なものだが、そのなかには一部「事実」が混ざっているという仮説で動いている。

備え付けの見取り図を確認する。客室は廊下を渡った先だ。

物音一つしない。冬の夜であるため虫の音もない。家鳴りもなければ風の音すらしない。高感度マイクでもノイズすらほとんど検出できない静寂だった。聞こえるのは、自らの発する足音――そして、「胃袋」から発せられる音だけである。

彼女には「痛覚」に該当する感覚はない。ただ、機能損傷を検知する自己診断システムはある。そのシステムより警告が発せられている。腹部――すなわち「胃袋」を中心に原因不明の「異常」が発生していた。

料理は怪異と判定できた。だから回収した。結果、なんらかの異常が起こっているが、その原因を特定する能力が彼女にはない。ドン、ドン、と「胃袋」の内部を叩《たた》く音を聞いた。静寂の中に響く音の種類が増えた。ドンドンドン、音はますます激しくなる。

客室は五部屋。あいかわらず「気配」はない。

104号室。ルームキーを差し、扉を開ける。

主室は八畳の和室だ。すでに布団が二組敷かれている。床の間には生花と掛け軸。縁側には机と椅子。窓からは夜景が見える。照明は行灯《あんどん》のみ。

布団は用意されていたが、アリサに必要なのは睡眠より充電だ。家庭用電源では効率は落ちるが、多少の規格差は吸収できる。鞄からコードを取り出し、腰部のバッテリーとコンセントを繋ぐ。この部屋で待っていれば怪異と遭遇できる確率が高いと判断。そのまま布団の上に正座し、待機姿勢をとる。姿勢制御に割くリソースを低減させ、一個の監視装置となる。また、鞄から二つのカメラを取り出し部屋の対にも設置している。これで死角はない。

四九分後。異常を検知する。

アリサは注意を怠っていない。無変化の続く光景を一〇〇ピコ秒の時間分解能で観察し続けていた。にもかかわらず、カメラはその出現の瞬間を捉《とら》えることはできなかった。

白い着物の女である。白無垢《むく》の着物を身に纏《まと》う女である。

アリサの目の前に、同じく正座の姿勢で鎮座していた。唇は鮮やかな紅で彩られ、目元は長い前髪のため確認できない。座っているが、身長は一七〇センチ——否、距離が正確に測定できない。超音波による反響定位での反応なし。熱赤外線の放出は検出されず。実体のない映像のようだったが、そのための発生装置も発見できない。対に設置したカメラからは背面の映像が無線通信で確認できる。再現可能性として視覚機能に対する電子攻撃《ハッキング》のみが残された。ただし、アリサのセキュリティを突破するには国軍に匹敵する技術力が要求される。

女は薄く笑っているように見えた。目元は確認できないが、アリサをじっと観察しているように見える。アリサもまた、微動だにせずその女を観察した。

ドンドンドン。「胃袋」内を叩く音が響く。まるで鼓動のように。何度も、何度も。異常を示す警告ログが何千行も積み重なっていく。

ドンドンドン。メリッ。容器に亀裂《きれつ》の入った音が聞こえる。それは「胃袋」から這《は》い出ようとしている。白無垢の女を前にしたときから、その勢いは増していた。

にらめっこは以後、夜明けまで五時間続いた。

## 対怪異アンドロイド開発研究室①

近城《きんじょう》大学・白川《しらかわ》研究室。

奇妙な研究テーマに興味を惹《ひ》かれ、三年生の新島《にいじま》ゆかりは見学へと足を運んだ。

「げひゃひゃひゃ！　ばっかでぇ！」

扉をノックしようとした瞬間、部屋から汚い笑い声が響いてきた。新島は思わず手を止め、やっぱり引き返そうかと逡巡《しゅんじゅん》する。

「ん。見学の子？」

背後から段ボールを抱えた大柄の男に声をかけられた。どうやら研究室の一員らしい。

「あ、はい。まあ、そうなんすけど」

気づかれてしまっては退《ひ》くに退けない。新島は覚悟を決めて研究室に足を踏み入れた。

中にいた研究員はざっと十人ほど。各々が机に向かいＰＣモニターを睨《にら》んでいた。机の上は機材や書類で雑然としている。中央には首のない人形——人型ロボットが支持台に吊《つ》られていた。

これも二、三人で整備している。ほか、棚の上にはどこかで見たような玩具ロボットが並び、あるいは店頭案内で見かけたようなロボット、今話題のお片付けロボットなど、真っ当なロボット研究室に見えた。

「教授ー。見学の子来てますよ」

「おう。ちょうどよかった」

教授と呼ばれた声の主が、先の汚い笑い声の主と同一だと気づいて新島は身構えた。

振り返ったのは、教授というには若く見える女性だ。ボサボサの黒髪。オーダーメイドの眼鏡。左手にはスマートウォッチが二つ。首から下は眩《まばゆ》いほどの白衣に包まれている。

「見学者。ちょっとこっち来い。いいもん見せてやる」

手招きされ、新島は躊躇《ためら》いながらも教授のもとに歩み寄る。教授の向かっていた机には無数のモニターと人間の首——ではなく、たぶんロボットが載っていた。

「座れ。これをつけろ」

「な、なんすかこれ」

「ヘッドマウントディスプレイ（ＨＭＤ）だ。ＶＲ映像とか見れる」

「それは知ってますけど」

「知ってるなら聞くな」

あれよあれよという間に、新島は奇妙な映像を見せられることになる。

「この映像なんですか。なんか怖いんですけど」

「先日、こいつが撮ってきた映像だ」

と、教授はロボットの頭を撫《な》でるが、ＨＭＤを装着した新島には見えていない。

映像は夜の山奥のようだった。首を回せば追従して周囲が見渡せるが、撮影された映像であるためそれとは無関係に進んでいく。

状況を理解するため、新島は思考を働かせた。

白川教授率いる研究室は「対怪異アンドロイド開発研究室」を名乗っている。

研究テーマはその名の通り、「怪異を調査するアンドロイドの開発」である。

高校にオカルト研究部が設立されているのとはわけが違う。民俗学とか文化人類学とかそういうアプローチでもない。「おばけが現実に存在する」ことを前提に調査する。しかもアンドロイドで、だ。

興味を惹かれないはずがない。が、同時に悪い予感もあった。そんな研究テーマを掲げる研究室がまともであるはずがないからだ。

そして今は、その悪い予感が当たっている。説明も挨拶《あいさつ》もなしに、いきなりこんな映像を見せられているのだから。

「あの、もしかしてこれ、おばけとか映ってるやつですか？」

「もう映ってるぞ」

「え？」

「倉彦ってやつがそうだ。ヘッドアップディスプレイ（HUD）を表示してやろう」

画像認識AIが対象《オブジェクト》ごとに付与しているタグが表示された。撮影者（おそらくアンドロイド）が出会った男性、倉彦浩には七〇パーセントの確率で「怪異」とタグがついていた。

「またまたぁ。どう見ても人間じゃないですか。これってむしろ私に対する心理実験だったりしませんか？」

「そういうテーマの実験はうちではやって……ないが、アリかもな」

声のトーンがだいぶマジなので、新島は思わず固唾を呑んだ。

「ちょっとぉ!? なんでこの子当たり前のようにガンガン進んでるんすか止めて止めて！」

明らかになにかありそうな廃屋に、というかそもそも不法侵入なのに当たり前のように撮影者は進んでいく。そのうえ屋内には赤い郵便ポストという場違いなオブジェクト。怖すぎる。

「ていうかこれ、撮影者ってアンドロイドなんですよね」

「そういう研究室だからな」

「すごくないですか。え、あれ、アンドロイドって今ここまでできるもんなんですか？」

「その程度の認識か。もう一年以上前から介護現場では実証実験してるぞ。まあ、あっちのは人間と見分けがつかないほど精巧ではないけどな」

「全然気づかれてないじゃないですか。えっと……この、アリサちゃん？」

「暗がりだったからかもな。あるいは……倉彦がおばけだったからか」

「だからなにを根拠に倉彦さんがおばけなんです？」

しばらく撮影者《アリサ》が廃屋を調べる映像が続く。撮影モードによっては昼のように明るく見える。それでも怖いものは怖い。音響がリアルすぎるし、ロケーションの雰囲気がありすぎる。

その中で救いとなっているのは同行する男だ。こういう口数の多い人物がいるとホラー度はグッと下がる。

「いや～、なんか倉彦さんといると安心しますね～」

「君、こういう男に騙《だま》されるタイプ？」

「騙されるってなんすか。いい人じゃないすか」

思ったより怖いものは映ってないな、と油断していると最後の最後で白無垢の女性が現れ、新島は思わず悲鳴を上げた。

「え、あの、このにらめっこいつまで続くんですか？」

「五時間」

「もう外していいです？」

心臓がバクバクしている。まさか本当におばけが映っているとは思わなかった。

「す、すごいリアルな映像ですね……はは……」

「リアルだからな」

「いや、その……」

確かに怖かった。だが、これくらいの映像はつくろうと思えばつくれる。早くネタばらしでもしてもらわないとむしろ気まずい、という感情の方が増しつつあった。

「よくこんな怖いものいきなり見せられますね……」

「いや、私は見てない」

「え」

「怖いだろ。私はゾンビゲーもVRでのプレイは断念した。テキスト形式の記録《ログ》がある」

「私もそっちでよかったじゃないですか！」

「もちろん、読みたいなら読ませる。大事な見学者だ」

と、電子ペーパーを手渡される。テキストは短編小説くらいの文量だった。というより、文体も小説に近い。

「アンドロイドの書いたホラーなんて売り込めば話題になりそうだと思ってな。上手《うま》く行けば予算源にもなる」

「ＡＩが小説を？」

「これまでどれだけの小説が書かれてきたと思ってる。そんだけの莫大《ばくだい》なデータと、なにより事実って元ネタがある。楽勝だ」

「ＡＩ視点なんですよね。なんで三人称なんですか？」

「三人称の方が客観的っぽいだろ。怖いけど怖くないホラー、なんてキャッチコピーもつけられるしな。なんだったら一人称で書き直させることもできる」

「ところどころ人間よりすごいぞアピールがあるんですけど……」

「実際、多くの性能《スペック》で人間は軽く超えてる」

「大丈夫です？　その、ロボットの、反逆とか……」

「あー、そういうのはホーガンでも読んでくれ。『未来の二つの顔』な」

「はあ。というか、あれ？　さっき映像見てても気になってたんすけど、倉彦さんは？」

「確かに見失ってるな」

「見失うものなんですか？　こんな高性能なのに」

「アンドロイドといっても認知リソースは無限じゃない。映像データだって生《き》のままじゃ容量がいくらあっても足りないからリアルタイムで圧縮してる。食った料理のせいでエラーログも出てたしな。そのへんの処理限界だったんだと思うが……おい、どうなんだ」

　と、白川教授は机に載っている首に向かって話しかける。

「はい。白川教授のおっしゃる通りです。１０４号室の指定という明確な異常に気を取られていました。超高性能アンドロイドらしからぬ失態で面目ありません」

「わっ」

首がしゃべったので、新島はつい驚いた。よく見ると、黒髪セミロングの綺麗な女性である。首だけだが。

「アリサちゃん？」

「はい。私が超高性能《めちゃくちゃすごい》アンドロイドのアリサです」

「ど、どうも……これ、遠隔操作とかです？」

「圏外の山奥でスタンドアロンで動いてたろ」

「そもそもその映像からですね」

「なにからなにまで疑《うたぐ》り深いやつだな」

「あ、そういえば倉彦さんとは連絡先交換してましたよね。まだ通じるんですか？」

「はい。倉彦浩とは現在も連絡可能です。三分前にも連絡がありました」

「ほらー。ちゃんと人間じゃないですか。無事みたいですし」

「こいつを見ろ」

モニターに示されたのは、あるユーザーのプロフィールページだった。

「くらひーさん？」

「倉彦浩のアカウントだ。身元を特定できる投稿も多かったから探偵に調べさせた。顔写真も手に入れてる」

「へえ。これがなにか？」

「今回の件はここが端緒だ。当然、倉彦浩については下調べを済ませてる。こいつは二ヶ月前に行方不明だ。つまり、この村に入ったらしい投稿を最後にな」

「……警察は?」

「独り立ちした成人男性で、家族仲もよくない。行方不明者届は出てないようだ。職にも就いてないしな。しかしまあ、これ以上姿が見えないなら事件性は疑われ出すだろう」

「友人を捜してるっていってましたよね。村には友達と一緒に来てたんじゃないんですか?」

「わからん。そいつらと思しき人物も行方不明だ」

あまりに突拍子のない話ばかりで、新島は頭がくらくらしてきた。

「で、それだけですか? 倉彦さんがおばけっていうの」

「主な根拠は怪異検出AIだ。七〇パーセントの数値が出てる。あとは状況証拠を鑑《かんが》みてな。日付だって二ケ月も誤認してたろ」

「その怪異検出AIってのがまず信じられないんですけど」

「深層学習《ディープラーニング》だから具体的な判断基準はブラックボックスなんだよ。特にこいつのはな」

「うーん」

「倉彦には熱も質量もある。一見してただの人間だが……怪異に取り込まれたか、怪異に姿形を模倣《コピー》されたか。具体的にはわからんが、倉彦が怪異に囚《とら》われていることは確かだろう」

とても信じられるような話ではない。ここまでの話も映像もぜんぶ捏造《つくりもの》で、「ドッキリでした」という方が理解しやすい。

そもそもこのレベルの自律汎用AI、アンドロイドというのも驚きだ。これも欺瞞《トリック》ではないかと疑いたくなるが、白川教授の業績を考えれば「あり得そう」だとは納得できる。

だが、怪異云々《うんぬん》はさすがに納得がいかない。よくある怪談のように、話にオチがなくモヤモヤする。そこをスッキリさせるためのアンドロイドではないのか。

「結局、なんなんです。この村も、旅館も」

「さあな。誘い込まれてた、って感じはするが。それにしては一貫性のなさも感じる」

「私も再調査が必要だと思います」

口を挟むのは、首だけのアリサだ。

「先の調査ではもとより一晩かぎりで帰還せよとの命令でしたので」

「いや、もう調査はできない」

神妙な顔つきで、白川教授は続ける。

「改めて衛星写真を確認したが、そこにはもう村は写ってなかった」

「え……」

神出鬼没、という語が脳裏に浮かんだ。

「消えた、ってことですか？　村があったという証拠すらもうない？」

「そうだな。だが、怪異の物証はある。こいつが胃袋に入れて回収してきた料理だ。胃袋を破って内部でぐちゃぐちゃで洗浄は大変だったがな」

「あ、そういえば」

「見たところふつうの食い物だった。異物は特に検出されてない。そんなわけで、最も確実な毒物検出装置を使って確かめてみた」

「なんですかそれ」

「ネズミだよ」

「あー……」

「で、だ。その結果だが――」

「ごくり」

「胃袋が破れて、内容物が飛び出た。まるで消化されるのを拒むようにな」

「え」

「映像もあるが、見るか？」

「え、いいです。つまりどういうことなんです？」

「わからん。まあ、危険物だ。厳重に保管してある」

モヤモヤは残る。得体のしれない不安もある。だが、似たような事例はこれからも調査していくのだろう。その結果わかっていくこともあるに違いない。その続報を得るための手段は一つしかなかった。

「ところで君、名前は？」

今さらすぎる、と呆《あき》れながら新島は答える。ただ、オリエンテーションとしては十分すぎるほど刺激的だった。

「新島ゆかりです。多分、お世話になるかと」

「そうか。白川有栖《ありす》だ。敬称はなんでもいい」

「では白川教授、よろしくお願いします」

新島ゆかりはもうすっかり気分は白川研究室の一員だった。

「もう少し見て回っていいですか？　あれ、アリサちゃんのボディですよね」

「ああ。おい、青木《あおき》！　ちょっとこいつを案内してやってくれ」

白川教授は多忙らしい。それもそうだ、つい先日アリサが持ち帰ったデータの分析作業がある。と、あくまで先の話を鵜《う》呑《の》みにするならだが。そんな去り際、アリサの通信機能をモニターしていたPCにメッセージが表示されていた。送り主は「くらひー」である。
〈いまひま?〉
〈だったらさ〉
〈また村に遊びに来てよ〉

# 回葬列車

## 1

電車に轢《ひ》かれると、やはり痛いのだろうか。

ホームのベンチに座り、うつらうつらと電車を待ちながら貝洲《かいす》理江子《りえこ》はそんなことを思った。

冬の寒さが、思考をより暗く重いものにしている。

この駅は終点だ。線路に飛び込んだとしても電車はブレーキをかけている。死に損なえば痛いでは済まない。手足の一本や二本失ったまま生きていくことになるだろう。死ぬなら一瞬がいい。

そんなことばかり考える。終電近くまで残業させられて、ひどく疲れていた。


そしてふと、目を覚ます。

脳が状況の理解を拒絶していた。駅のホーム。ベンチに座っている。息が白い。時間は。慌てて腕時計を確認する。

そして、「終わった」ことを理解した。

(嘘でしょ……)

ホームで電車を待っていたはずなのに、乗り損ねてしまった。常日頃から集中力に欠け、ミスが多い自分を呪っていた。それでもなお、信じ難い失態だった。血の気が引き、なにかの間違いではないか、どこかで時間を巻き戻せないかと妄念がぐるぐると渦巻く。

(あ、死のう)

線路の上で眠っていれば、そのうち轢き殺されるはずだ。ついさっきうたた寝していたくらいだ。どこでも寝れる。異様に眠い。家に帰るのもめんどくさい。そして、ふらふらと歩き出す。

「……?」

次に目覚めたときは、電車のなかだった。

先の冷たいベンチとは違い、温められた座席にいた。ガタンゴトン。周期的な揺れが眠気を誘う。頭が重い。お腹がぐるぐるする。

ひどい、夢を見た。そう思った。

電車にはちゃんと乗れていたのだ。なぜあんな夢を見たのか。目を擦《こす》り、顔を上げる。

「え?」

他に乗客はいない。そこまではいい。この時間、この電車の乗客は少ない。だが、座席は埋まっていた。乗客の代わりのように「物」が座席で揺られていたからだ。

鞄《かばん》。スマホ。ノートPC。帽子。ハンカチ。本。イヤホン。眼鏡。指輪。財布。ベルト。

等間隔に、ずらりと。忘れ物と解釈するには異様な光景だった。

生きている人間は、ただ一人。右に左に見渡しても人はなく物があり、そして隣の座席にも、くしゃくしゃのプリントTシャツが置かれていた。彼女は逃げるように立ち上がる。

まだ夢を見ているのか。腕時計を見る。時間は、三時二〇分。

「は？」

終電の時刻はおおよそ二四時。

こんな時間に、電車が走っているはずがない。

（あれ？　やっぱり、電車には乗り損ね……？）

心拍数が上がり、すっかり目が覚める。

ガタンゴトン。揺られながらも手すりや吊革《つりかわ》に摑《つか》まって歩き、電光案内板を探す。いまどのあたりを走っているのか知りたかったのだ。

だが、読めない。

路線図も、広告も、電光案内も、一見して日本語のような文字で書かれていながら、なに一つ判読できない。まるで脳が識字能力を失ったかのように。

窓の外を見る。真っ暗だ。鏡のように自分の疲れた顔が反射されるだけで、外にはなにも見えない。街の明かりも、星も、月も見えない。終電に乗って帰ることは一度や二度ではない。こんな光景はありえない。車内はＬＥＤ照明で眩《まばゆ》いほど照らされているはずなのに、妙な薄暗さを感じた。

そしてもう一つ、貝洲理江子は重大な違和感の正体に気づいた。

電車に乗るとき、彼女は席が空いているなら扉のすぐ近く、隅の席に座る。今回もそうであったはずだ。この電車に乗り込んだ記憶が、今になって朧《おぼろ》げながら蘇《よみがえ》ってきた。

であれば、逆だ。

終点であるはずの駅から、下り電車に乗り込んでいる。

回送電車、という連想が浮かんだ。しかし、いくら頭がぼやけていたからといって間違えて乗り込むなどということがあるだろうか。そもそも、回送電車の扉は開かないはずだ。

記憶が整合しない。どうあっても筋が通らない。

運転士か、車掌の人を探す。彼女は次にそう考えた。

なんと話せばいいだろう。酔ってもいないのにただ疲れて乗り間違えた。あるいは、酔っていたという方が恥は少ないか。動悸《どうき》が苦しくなる。

向かうべきは、前か後ろか。

電車にはほとんど毎日乗っている。だというのに、改めて考えるとなにも知らないことに気づく。運転席はどちらにあるのか。端の車両には違いない。ひとまずは前の車両を目指し、手すりに摑まりながら移動した。

まるで悪い夢だ。夢を見ながら現実だと誤認することはある。だが、起きているときに夢と間違えることはない。頭がくらくらしてきたが、これは現実だ。手の込んだ悪戯《いたずら》かもしれない。だが身に覚えがない。その背後にある悪意を想像しても震えがくる。

前の車両にも、やはり人はいない。同様に「物」が整然と並んでいた。押し潰されそうな不安を抱えながら、貝洲理江子は先頭車両を目指した。

＊　＊　＊

JR■■線下り路線終点■■駅の平日における最終電車は、二三時五四分。地方都市のやや寂れた駅で、終電の利用者は少ない。他に誰もいないホームでその終電を見送り、駅員など誰にも気づかれないまま待っていると、二時三分に四両編成の電車が現れる。その電車は回送ではなく、終点の先へ向かう。その電車を目にしてしまった人間は誘われるように乗車してしまい、二度と帰ってくることはない。

以上が、この駅に伝わる都市伝説の要約である。

この内容は拙《つたな》い怪談にありがちな矛盾を抱えている。「伝聞が成立しない」という点である。当事者や目撃者が全員死亡、ないし未帰還というパターンだ。目にしたら最後、誰一人戻ってきたものがいないのに、誰がこの話を伝えたのか。

鉄道に関する怪談は、鉄道が普及しはじめた明治《めいじ》時代よりすでに伝えられている。狐狸妖怪《ようかい》の化けたとされる「偽汽車」「幽霊機関車」がそれだ。すなわち、この話もそんな「よくある」「伝統的な」怪談に思われた。

そのため、研究室では「信憑性《しんぴょうせい》の低い」という意見が主流だった。しかし、怪異検出ＡＩの見解は異なる。このような都市伝説・噂・怪談に対しても判定が可能だ。

結果、八一パーセントの確率で「正」と判断された。

そして、それは正しかった。八一パーセントが「正」と出たため怪異検出ＡＩは実例によるフィードバックでさらなる精度向上を得る。

二時三分。電車が来た。鉄道会社の登録にない車両である。いくつかの車種がパッチワークされたかの歪《いびつ》なデザインだ。もっとも、鉄道マニアでもないかぎり人間の目にはなんの変哲もない車両に見えるだろう。今回は「電車」が調査対象であるためアリサは電車に関する大量の知識をプリインストールして臨んでいる。

〈剞橋《くりはし》行き〉

全国路線図の知識もある。そのような駅名は存在しない。

扉が開いた。アリサは四号車に乗り込んだ。

「発車します。閉まるドアにご注意ください」

その時点で通信は途絶。「異界」に迷い込んだのを感知した。

車内は暖房が利いており気温は二四度。走行音と空調音。他に乗客の姿はないが、席には物品が並ぶ。ボールペン、腕時計、タブレットPC、学生鞄、手毬《てまり》、マスク、水筒——さまざまだ。

一人分の席に一品。すべてを列挙するには長くなるため別ファイル参照。

そのうちの一つ、スマートフォンを手に取る。動作はしない。充電が切れていると判断。自身のバッテリーに繋《つな》いで起動する。

ロック画面が開いた。本来であれば時計が表示されるはずが、解読不能な未知の文字列に変質していた。とはいえ、ユーザーインターフェイス（UI）は変わらない。四桁《けた》のキーコードを突破することは容易《たやす》かった。ただし、中身も同様に解読不能だ。写真データもひどく歪《ゆが》んでいる。ビッグデータを駆使すれば復号可能に思えたが、現場に持ち合わせはない。持ち主の身元を特定できる情報は得られず。画像として記録をとり、スマホ自体も証拠品として鞄に回収する。

直後、男が姿を見せた。スマホのあった席に座る男である。顔を伏せ、小声でなにかブツブツと呟《つぶや》いている。アリサにはむろん聞き取ることができる。

「あゆ沁みたけどそれは濡るによなあみすけ捉えて娘にこれをさにやらんよ先々週にな」

日本語の単語を含むようでいて、文法的には意味をなしていない。これもまた、大量の知識を備えた高度なAIであってもスタンドアロンの状態での解読は極めて困難であり、記録だけ残して保留する。リソースは無限ではない。このような判断を瞬時に行えるのが真に強いAIなのである。

目の前にあるのは膨大な未知だ。判断のための情報は多い方がよい。アリサは男の顎《あご》を摑み、持ち上げた。顔を確認するためである。

その男には顔がなかった。髪型は短く天然パーマが入っている。年齢は三十代か。服装は灰色のシャツに紺のジーパン。そこまでは確認できる。

だが、顔を認識できない。ノイズが入ったように、溶けて歪んだように、目鼻立ちを識別することができなかった。また、顎を摑まれ顔を持ち上げられているのに対し反応がない。まるで弱いＡＩの積まれたロボットのように、変わらず解読不能な言葉を呟き続けている。

すなわち、明らかな「異常」である。

「返せ」

繰り返される解読不能な言葉のなかに、ときおりそのような言葉が混ざった。物品を回収するたびに人影は増え、同様に言葉を発し続けているが、近い意味を持つ言葉が共通して含まれていた。すなわち。

「返せ」「返してください」「戻して」「とらないで」「とるな」

ただの偶然であるかは、同様に混ざる頻度の高い言葉を抽出する必要がある。結果、「家族」に関する単語が次に多いが、それらをすべて合わせても「返せ」に類する命令形は二倍以上の差がある。

つまり、物品の回収には「意味」がある。すべての物品に対してこれを試みる。

ただし、すべてを回収するには鞄の容量が足りないため、比較的情報量の多いと思われる物品を中心に、あとはランダムで選択した。物品を席から回収すると「乗客」が現れる仕組みはすべてに共通した。「乗客」は老若男女さまざまで、外国籍と思われる人物もいた。おそらく、日本全国で平均的な乗客リストと照合すれば九〇パーセント以上の一致を示すだろう。これは正確なデータを持っていないためフェルミ推定による概算である。


そして、アリサは先頭の一号車へと辿《たど》り着く。

一号車はこれまでの車両とは様子が異なっていた。

席の上に物品は並んでいない。ただし、一つの席を除いて。

そこには女が寝ていた。ダウンジャケットを掛け布団代わりに、長椅子を占有して横になっており腹の上で眼鏡を抱えている。床には脱ぎ散らかされた革靴、弁当の空容器が三つ、緑茶のペットボトルが三本、ビールの空き缶が八本転がっていた。

怪異検出AIは彼女を一二パーセントの確率で「怪異」であると判断。すなわち、「人間」である確率が高い。

「んえ？　……え？」

女が目覚めた。もとより眠りは浅かったのか、アリサの接近が目覚めさせたようだった。

「うぇ？　え？　……ええ!?」

目を擦り、涎《よだれ》を拭《ふ》きながら、女は驚きの表情を見せた。

「人!?　え、あ、だ、誰!?」

「いいえ。私はアンドロイドです。近城大学白川研究室の備品、アリサです」

女は、貝洲理江子と名乗った。

## 2

　貝洲理江子。身長一五六センチ。推定体重四八キロ。推定年齢二十代後半。性別は女性。フルリムの赤縁眼鏡をかけ、目の下には隈《くま》ができている。髪型はやや縮れており長く伸ばして後ろで束ねている。服装はくたびれたスーツ。タイトスカート。脚は黒タイツに覆われている。いわゆる「会社勤め」として連想される姿である。

「え、ていうか、さっき……なんて？　アンドロイド？」

「困惑」の表情が読み取れる。アリサは極めて精巧な外装を持つゆえに、初見では人間と区別がつかないことがあるのは学習済みだ。そして、そのための対応についても反省会《メンテナンス》で検証している。誤解は無用な危険《リスク》を生む。

「こちらをご覧ください」

　貝洲理江子に背を向ける。

　バシュン、と排熱機構が開く。普段は閉じているが、排熱効率の向上が必要な緊急時にはこうして開くことができる。機械部が露出することになるため、一目でアンドロイドだと理解できるというわけだ。

「うわ!?　え、うそ、ホントに？　ロボット？」

「はい。私はアンドロイドです」

「さ、最近のってこのレベルなの……？」

　人型二足歩行ロボットの産業としての注目度は低い。ＳＦ作品のなかで描かれ長年の「夢」とされてはきたが、具体的な経済効果が期待できないため大企業が開発予算を投じることは少ない。つまりは、採算を度外視した熱意、あるいは狂気だけがアリサを完成させえたのである。よって、世間の認知度も追いついていない。

「え、どういうこと？　ロボットが……なんで？」

「私は怪異を調査するためのアンドロイドなのです」

「怪異……？　この電車？」

「はい」

　そこまで聞くと、貝洲理江子は押し黙って目を泳がせた。なにか思考を働かせているらしい挙動が読み取れた。

「つまり、あなたも乗ってきたの？　どこかの駅から？」

「はい。■■駅から」

「え？　うそ、わたしと同じ……って、乗ったってことは……止まったの？　この電車！」

「はい。二時三分に停車し、私はそれに乗車しました」

「う、嘘でしょ……止まるの、この電車……それをわたしは、眠って乗り過ごして……？」

　貝洲理江子は髪を掻《か》き毟《むし》り、激しい「動揺」の表情を見せた。アリサはいくつかの発言に確認が必要だと判断した。

「あなたはこの電車にいつ乗ったのですか」

「……二日前。多分。アリサさんは？」

「約二時間前です」

「……そう。やっぱり寝てたみたい。ああ……」

「確認します。貝洲理江子さんは二日間、この電車に乗り続けていたという理解でよろしいでしょうか」

「そう！　二日も！　この電車は一度も止まらなかった！　でも、寝てたときには止まってたのかも！　あああ……なんで[redacted]駅なの？　わたしもそこから乗って、この電車はずっと走り続けてるのに……環状線？　そんなわけ……」

「GPSは機能しませんが、慣性基準装置によると電車の現在位置はこのあたりです」

　アリサは対人インターフェイス端末（一見してスマートフォン）を取り出し、地図を表示させて貝洲理江子に見せる。

「海の上……どういうこと？」

　車窓の外に見える景色は完全な「闇」だった。四種の暗視能力を持つアリサにもそれ以上のものは見えない。考えうる妥当性のある解釈は内側をベンタブラックでコーティングした無照明のトンネルだが、電車は二時間以上もこの暗闇を走行し続けている。それほどの規模は現実的ではない。

　すなわち、「異常」である。「異常」は調査しなければならない。

「窓を開けてよろしいですか」

「……！　ダメ！」

　貝洲理江子は強い拒否反応を示した。表情からは「恐怖」が読み取れる。

「なぜダメなのですか」

「だ、ダメ。とにかく、ダメ。窓を開けるのは……」

「あなたは窓を開けたことがあるのですか」

「……開けた。開けちゃった。いっそ飛び降りれないかと思って。でも」

「なにが起こったのですか」

「………」

貝洲理江子は答えない。よって、窓を開けることにした。

「だ、ダメって！　ダメ！」

貝洲理江子はアリサの背に飛びかかり、強引に止めようとする。だが、人間の力でアリサを止めることはできない。人工筋肉の発生力は生体筋の約五倍である。

「ダメって……言ってるじゃん！　このポンコツ！　ロボットって人間の命令聞くもんじゃないの⁉」

「私は自律汎用《はんよう》ＡＩを有する超高性能アンドロイドであり、ポンコツではありません」

「うぎぎぎ……！」

貝洲理江子の制止を無視し、アリサは窓を開けた。

びゅおう、と風が吹き込んできた。黒い風だ。煙のような微粒子が含まれているわけではない。まるで、風そのものが黒く着色されているかのようだった。

風の音は、やがて泣き声のように響いた。「怨嗟《えんさ》」や「嗚咽《おえつ》」と表現すべき音が幾層にも重なって聞こえた。窓の向こうでもともと響いていた音が、窓を開けたことで聞こえるようになったのではない。窓を開けたことで、「彼ら」は泣き始めたのだ。

画像認識ＡＩが闇の奥に「人の顔」を検出した。十、二十……百、二百……次々に検出数は増える。「彼ら」は泣いていた。慟哭《どうこく》していた。

黒い風はやがて形を得る。無数の手の形となり、車内へ伸びてくる。意思を持った生き物のように蠢《うごめ》き、入り込もうとしていた。

「だからダメって！」

経緯の観察に認知リソースを割かれている間に、貝洲理江子が割り込んで強引に窓を閉めた。

ガタンゴトン。聞こえるのは再び走行音だけになった。

「これでわかった？　窓を開けたら、あいつらが入ってくる。だから……！」

「私は、ある噂を根拠にこの電車を待ち、乗車に成功しました」

「……なんて？」

不可解な点があった。二日間電車に乗っていたという彼女ならば、なにか有意義な見解が期待できるのではないかと判断し、順序立てて説明をはじめる。

「ただし、それまでに一二日間の試行を要しました。『人がいない』という条件を満たすのが困難だったためです」

「まあ、うん。終電でもたまにはぽつぽつと乗ってるかな……」

「貝洲理江子さんは、この電車には意図せず乗ってしまったということでしょうか」

「そうね。こんな電車にわざと乗ろうなんて……どうかしてるんじゃない？」

「正常な挙動です。さて、不可解な点の話ですが、私は二日前にも同様の試行をしています」

「え？」

「あなたが電車に乗ったのは、いつですか」

貝洲理江子は「驚愕《きょうがく》」の表情を浮かべたまま固まっていた。論理的思考力があれば、二日前に■■駅で出会っていないのは「おかしい」と理解できる。この矛盾の原因は、どちらかが嘘をついているか、あるいは誤解があるかだ。

「えっと、一月……一四日……」

「何年ですか」

「二〇××年……」

「ありがとうございます。私はその二年後の一月一六日に乗車しています」

貝洲理江子は、ポカンと口を開いて硬直していた。

「嘘でしょ……いや、嘘よね？」

「私は嘘をついていません。そして、貝洲理江子さんも同様であるとするならば、ウラシマ効果のような現象が発生していると推察されます。物理的にはこの電車が亜光速で走行している場合にこの現象は再現できますが、そのような加速度は検知されておらず、また電車の能力やレールの長さ、大気圏内であることなどから現実的ではありません」

「だったら……なに？　どういうこと？　なにがどうなってるの？」

「先に窓を開けた際の風速からも、電車の速度は時速六〇キロほどです」

「わかんない……もう、頭が……電車に乗って、このまま竜宮城《りゅうぐうじょう》まで連れられるって……？」

「事象の解明には証拠が不十分です。もう一度窓を開けます」

「ダメだって！　馬鹿なの⁉」

極めて不適当な評価を得た。知的能力において人間に劣る要素はない。誤解は正さねばならない。

「私は超高性能な自律汎用ＡＩを搭載したアンドロイドです。決して馬鹿ではありません」

「だったら、もう窓は開けないで」

「私は怪異の調査を目的としています。窓を開けて起こる現象を観察しなければなりません」

「なんで？　あれがやばいってわからないの？」

「やばいからこそです」

「なんで？　なにがしたいの？　あなた、いったいなんなの？」

　貝洲理江子は泣き崩れた。時間のずれに関する情報もショックだったらしく、思考リソースが限界を迎えているのだろう。なんにせよ、どうやら邪魔するのは諦《あきら》めたらしい。再び窓を開けようと手をかける。直後。

　ガラガラガラ、と耳慣れない音が後部車両より聞こえた。八〇パーセント以上の確率で「車輪」「台車」の音であり、「車内販売」が連想された。そして、その音は接近してきている。

「え、どうしたの。……あ、そうか。もうそんな時間か……」

　不定形の黒い影が、車掌の制服を着ていた。深々と帽子を被《かぶ》り、手元は白い手袋、ズボンの裾《すそ》はあまり地面にひきずっていた。彼は弁当や飲料水の積まれた台車を押して、一号車にやってきた。

　アリサは四号車から乗車している。それ以上後ろはない。にもかかわらず、彼の姿も台車にも見覚えがなかった。

「お弁当……いかがですか……」

　重く響くような抑揚のない低い声で、彼はそんな言葉を口にした。ただし、「口にした」というのは慣用的な表現で正確ではない。音声の発生源が特定できなかったからだ。

「あ、はい。お弁当と、飲み物を……」

　貝洲理江子は慣れた手つきで財布から千円札を取り出した。床に転がっていた弁当の空容器と彼の運ぶ弁当が一致する。二日間電車に乗りっぱなしとのことだった。すでに数回は利用の経験があるのだろう。

「この電車は、どこへ向かっているのですか?」

よい機会だと思い、質問を浴びせる。

「え、あ、ちょ、……アリサさん!」

小声で、「慌てた」表情で貝洲理江子が声をかけてきた。先の窓開けを制止してきたときと同じ表情だ。つまり、「やめろ」と言いたいのだろう。

「この電車は、どこへ向かっているのですか?」

返事がないので、もう一度声をかける。

黒い影のような車掌は、動かない。

「この、こ、この電車は――ァ、アア、アアアア」

重く響くような抑揚のない低い声で、彼はそんな言葉を口にした。痙攣《けいれん》し、震えながら、台車をガタガタと揺らす。

「ア、アア、アアアアアア」

痙攣はますます激しくなる。ペットボトルが倒れ、弁当も台車からずり落ちる。

「終わりです」

バサリ。服だけを残して、彼は姿を消した。

「……なに。どういうこと。ねえ?」

貝洲理江子は「恐慌」している。頭を抱え、髪を掻き毟る。

「どういうことなの! ねえ!」

アリサの胸ぐらを摑み、泣きじゃくる。

「次はァ――刳橋ィ――刳橋駅ィ――ご降車のお客様はァ、ご注意くださぃ――」

車内アナウンスが響く。貝洲理江子がいうには二日間止まることのなかった電車は止まり、扉が開いた。

3

「……降りるんじゃなかった……」

刳橋駅のホームには出口がなかった。

左右を線路で挟まれ、通常であれば階段によって跨線橋《こせんきょう》か地下に接続し、改札口へ至る。だが、刳橋駅は陸の孤島のようにポツンと、どこへも出られない。駅のホームらしく路線図と時刻表の看板、ベンチ、自動販売機、外灯などは設置されているが、それだけだ。線路の先はいかなる手段でも見通せない「闇」が広がっている。空もまた、星一つない「闇」である。

「うう、寒い……」

そう呟いて、貝洲理江子は恨めしそうに線路の先を眺めた。電車が去っていった方向である。その先は「闇」であり、彼女にもなにかが見えているわけではないはずだ。

一方、アリサは駅の調査をはじめた。路線図と時刻表は判読不能であるが、記録にはとっておく。言語的に法則性があるならば十分なサンプル数を確保することで解読できるだろう。次に自動販売機の動作確認。硬貨を投入し、右端にあったコーンポタージュを選択する。ガシャン。正常に購入することができた。

「どうぞ」

「え、あ、ありがと……」

この場で最も精度の高い毒物検知器は生体である貝洲理江子である。車内販売の飲食物では特に問題はなかったようだが、駅の自動販売機が同様であるとはかぎらない。

試行回数を増やす。続けてもう一本購入する。

「え、ロボットでも飲むの？　わたしはもういいけど……」

欲しかったのは、十分な重さの投擲物《とうてきぶつ》だ。アリサは線路の奥に向かって投げつけた。

「聞こえましたか？」

「え？」

「落下音です」

缶は闇の向こうへ溶けるように消えていった。落ちた音や、なにかにぶつかるような音は聞こえない。

「と、遠くに投げすぎたんじゃない？」

「初速と重力加速度から計算して飛距離は約一〇〇メートルです。その距離で私の聴覚機器が落下音を拾えないことはありえません」

とはいえ、「遠すぎた」という説にも検証の余地はある。同様にコーンポタージュを購入し、力を緩め飛距離を調整して試行を繰り返す。五〇、二〇、一〇メートル。結果は同じだ。ただし、「闇」の手前、見えている線路に落ちたときだけは金属音が鳴り響いていた。

「音が聞こえない理由は三つ考えられます。①落ちていない。②落ち続けている。③音が鳴らなかった」

「どれも、よくわからないけど……」

「①は、なんらかの作用によって運動エネルギーが吸収されてしまった、という仮説です。②は、闇の向こうが深い大穴であることを意味します。③は、闇の向こうが真空状態であれば成立するでしょう」

「わかんない……どれが、それっぽいのか……」

と、貝洲理江子は深いため息をついてベンチに座った。

「……もう、なにがなんだか……」

両手でコーンポタージュの缶を抱きかかえるように握りしめ、顔を伏せ力なく呟く。

「なんなの？　ねえ。これって……ここって……やっぱり、夢？」

「私に夢を見る機能はありません」

「怪奇現象に、ロボットって……はは、もうわけわかんない」

貝洲理江子は肩を落とし、コーンポタージュを飲み干すと缶を隣に置いた。

「……わたし、死ぬつもりだった。いつもそう思ってたし、あのときは、ふと死のう、って」

独り言のように語りはじめる。重要な証言が得られる可能性があると判断し、アリサは話の続きを待った。ついでに、ドローンを飛ばしておく。

「それなのに、気づいたらわけわかんない電車に乗ってて……もしかしたら、噂にも聞いたことのある霊界電車か、なにかそういうのじゃないかって、薄々気づきはじめて……」

震えている。現在気温は四度。先も口にしていたが「寒い」のだろう。隣に座れば、機体の排熱が暖房代わりとしての機能を期待できる。介護現場での実証実験のフィードバックが活《い》きている。

「席に、なんかいろんなものが並んでたよね？　あれが、わたしには墓標みたいに見えて……もしかしたら、この電車に乗り続けてたら、静かに、溶けるように死ねるんじゃないかって、もうどうでもよくなってた。だけど」

缶を握る力が増した。息を吸い込み、搾り出すように声を上げた。

「あいつが、弁当を運んできた……！　死にたいって思っても、お腹は空《す》くから……！　もう死にたくて、どうでもよくなってたのに、弁当を買って、食べるしかなくて……まるで、電車に飼い殺しにされてるみたいで……」

そして、隣のアリサに訴えかけるように。

「わたしはどうすればよかったの⁉　どうなるの⁉　わたしは、なにもできないまま……なんでわたしはこんな無能で、無力で、死にたかったのに、死ぬこともできないで……」

彼女は、まだ震えていた。

「私を抱きますか？」

「……はえ？」

「寒いようでしたら、私の排熱を暖房として利用することをオススメします。そのためには抱き合う形が効率的です」

「あ、いや、そういう……いえ、大丈夫……」

アリサとしては、貴重な証言者《サンプル》として貝洲理江子の帰還が望ましい。そのためには彼女自身の「意思」が必要である。つまり帰還のための意欲を刺激する言葉を出力しなければならなかったが、その前に重大な誤解があった。誤解は正さねばならない。

「貝洲理江子さんは、電車内で二日間活動を続けました」

「え？　なに？」

「私は多くの点で人間を上回る超高性能アンドロイドですが、いくつかの点で人間に劣ることを認めざるを得ません」

「なにそれ。心とか？」

「連続稼働時間と味覚、そして消化器官です」

「……なんの話？」

「私の場合、二日間に渡って単独で電車に乗り続けることは困難です。電車内に充電設備があった場合は別ですが」

「なにが言いたいの。生きてるだけで偉いとか、そういう慰め……？」

「リソースにも限りがあるため味覚もオミットされました。現物を回収すれば事足りるという判断からです」

「そう……」

「人間は私と比べてなお、無能ではありません」

「えっと、なんていうか……逆に、すごい自信ね？」

「事実です」

本題は次だ。現状では帰還方法は不明だ。バッテリー残量にはまだ余裕がある。調査を続けながら、並行して帰還方法も検証する。一つは線路の逆走だが、時速六〇キロで二時間の距離——すなわち約一二〇キロを徒歩で帰ることは現実的ではなく、そのような「常識」の通用する空間とも思えない。高い推論能力をもって、アリサはそのように判断する。

「わたし、ロボットとなに話してるんだろ……。でも、こうして話してると、人間と変わんないね。まあ、人間と話したこともあんまりないけど……」

「チューリング・テストであれば音声を用いた場合でもクリアできます」

「なんとかテスト？」

「自然言語の対話によって人間とＡＩの区別がつくかを判定するテストです」

「へえ、そういう……。わたしの言ってることも理解できてるわけよね？」

「先の話でしたら、要約すると〈貝洲理江子は希死念慮を持っていたが、餓死や衰弱死は避けたかった〉でよろしいでしょうか」

「え、まあ、そうかな……うーん、やっぱ機械……？」

と、貝洲理江子は口を閉ざした。表情は「平静」に戻りつつある。

「ドローンとの通信が途絶えました」

「え？」

上空から撮影した航空写真は、闇の中あたかもスポットライトに照らされているかのホームの姿だった。続けて線路の向こうへ飛ばしたところ、通信が途絶え帰還不能となった。ドローンにもスタンドアロンで自律動作の可能なＡＩが搭載されている。基本的には単純な行動ルーチン――「通信が途絶えた場合は元の道へ戻れ」という命令を実行する。にもかかわらず戻ってこない。なんらかの原因で一方通行になっているか、「闇」の向こうで破損した可能性がある。

「私はこれより線路の向こう、闇の奥を徒歩で調査に向かいます」

「え、うそ、ちょっと待って！」

アリサがベンチから立ち上がると、貝洲理江子も釣られるように慌てて立ち上がった。

「なにか問題ありますでしょうか」

「ひ、ひとりにしないで……」

と、彼女は手を握ってきた。ガタガタと震えている。やはり隣に座るだけでは暖房としての効率は低かったようだ。

「貝洲理江子さんも調査に同行されるのですか？」

「調査って……なんで？　なにしに行くの？　やばいって……絶対やばいってわかるじゃん！

あんな、先がなにも見えない闇って……あんなのに、自分から突っ込むの⁉」

「はい。未知ですから。残された調査手段は足を踏み入れてみる以外にありません」

「だから……なんで？」

「疑問の趣旨をより正確に説明願います」

「アリサさんは、なんでこういうことを調査してるの？」

「私はそのための機械《アンドロイド》です」

そこまで聞いて、貝洲理江子は「不満足」そうな表情を浮かべて頭を掻いた。

「あーもう。めちゃくちゃ流暢《りゅうちょう》に会話できるけど、やっぱりしょせんロボットだもんね」

「はい。ですが、所詮という副詞には不服です」

「恐怖とか、そういう感情もないわけ？」

「ありません。ただし、最低限の自己保存機能はあります」

「えっと、つまり……壊れちゃったり、帰れなかったりは困るわけでしょ？」

「はい。バッテリー残量の低下に伴い帰還優先度が上昇します」

「だったらさ、せめて、その、命綱とか……」

と、なにかを探すようにキョロキョロと視線を動かす。

「といっても、ロープとか都合よく落ちてたりしないか……」

「ロープなら持ち合わせがあります」

鞄には調査活動に有用性を期待できる物品《アイテム》をいくつか備えている。ロープもまたそのうちに含まれていた。

「二〇メートルあります。引張強度は約三一キロニュートン」

「……ロープがあるのに、命綱の発想が出なかったの？　やっぱり馬鹿なんじゃない？」

「私は馬鹿ではありません」

命綱の発想は有用である。外灯の柱に一端を括《くく》りつけ、もう一端をアリサの腰部に結ぶ。「闇」の向こうが崖《がけ》だったとしても、ロープを伝って復帰することができる。

「柱の強度も十分のようです」

「えっと、これやばそうだったらわたしが引っ張り上げればいいの？」

「私の重量は一三〇キロです。貝洲理江子さんの力では持ち上げられないでしょう。自力で復帰可能です」

線路に降りる。幅は一両分。その先は「闇」だ。不連続な境界の先に「闇」が広がっている。光吸収率の極めて高い塗料に覆われた壁のように見えるが、投擲した缶の通過を確認している。この「闇」には、先がある。

接近に従い、「闇」は蠢きはじめた。画像認識が「人の顔」を検知する。気流が乱れ、風が荒れる。「人語」らしき音声も聞こえはじめた。意味のない呻《うめ》き、あるいは日本語の音素が検出できるが、文法として意味をなす言葉は聞き取れない。あたかも生き物のような挙動であったが、その「意図」や「目的」は不明。気象のような自然現象である可能性もある。判断を下すにはさらなる調査が必要だ。

まずは手を伸ばす。その直後。

プォン。汽笛の音だ。レールが振動している。

それはまるで、線路に降りたことを咎《とが》めるように。二つの前部標識灯の明かりが見えた。

「や、やば！　電車来てる！　戻って！」

時速六〇キロで走行する三〇トンの重量物の衝突に耐えられるようには、この機体はできていない。これまでの調査記録が消失《ロスト》する危険性が高い。退避先は二つ。ホームへ戻るか、「闇」へ飛び込むか。安全を優先するなら不確定要素の多い後者の選択はない。また、そのまま電車が通過すればロープは切断されるだろう。ゆえに選ぶべき行動は前者だ。ここまでの判断は一秒以内になされたが、遅かった。

「闇」より伸びた手に、捕捉《ほそく》されていたためである。

「ああ、そんな、そんな……！」

ホームで、両の手を頬に「絶望」の表情を浮かべる貝洲理江子の姿が見える。だが、その表情はすぐに切り替わった。

「ひとりに、しないでよ……！」

彼女もまた線路に飛び降り、アリサに抱きつきながら、共に「闇」へと落ちていった。

## 対怪異アンドロイド開発研究室②

「で、こうなったんすか」

と、新島ゆかりはボロボロの状態で吊られているアリサの機体を見てそういった。両腕と下半身は取り外され別々に修理されている。皮膚を剝《は》がして人工筋肉を一本ずつ動作確認し、不良品は取り替えていく。胴体はまだ手つかずで、皮膚素材が破けて人工筋肉と骨格が露出したまま放置されていた。

そして、頭部は例によって机の上に置かれてPCに接続されている。

「落下先は川だった。少なくとも四〇メートル上空から落下したらしい」

と、答えるのは青木大輔《だいすけ》だ。院生で修士。新島ゆかりにとっては「先輩」に当たる。大柄な体格で肉体労働を任されることも多い。教授が不在の今、アリサの記録解析は彼が担当していた。

「新島さんもすっかり馴染《なじ》んだね。まだ正式に配属は決まってないのに」

「え、別にいいっすよね」

「いいよ」

新島は当たり前に白川研究室に出入りしているが、実のところまだ「部外者」である。

「ところで、貝洲理江子さんはどうなったんすか。一緒に落ちたみたいでしたけど……」

「彼女は消失しました。原因は不明です」

「うわっ」

答えるのはアリサの生首だ。新島は未《いま》だに慣れない。

「消失？」

「私は彼女の身を守るため、彼女を上に抱き、私の背面から落ちるよう空中で体勢を調整しました。しかし、闇を抜けた段階で彼女の姿はありませんでした」

「も、もしかして……貝洲さんもおばけだったとか……」

「その可能性は一二パーセントと低い数値が出ています」

「一二パーセント……ちなみに私は何パーセントなんすか？」

「八パーセントです」

「ううむ……」

判断に困る数字だ。ゼロパーセントでないのが納得いかない。

「それにしても今回、たまたま運よく帰れただけですよね。闇の中に飛び込んだらたまたま帰れたってだけですし。もし帰れなかったらどうなってたんすか」

「そのときは大損失だね。アリサ、機体だけでも億超えだから」

「そんなに!?」

「今回の修理でも目玉が飛び出すほどの額だよ」

「はえ〜……。そんな予算、どこから出てるんです？」

「教授がどこかの企業の弱みを握って予算を脅しとってるとかなんとか」

「はは……冗談ですよね？」

「実際、うちはアミヤ・ロボティクスと提携してるんだよ。ほら、お片付けロボットを出したとこ。あの開発にも白川教授が関わってる。他にも教授は大量の特許を取得してるらしくて、そのへんで予算には困らなそうだなあ、とは思ってる」

「なるほど」

怪異調査目的のアンドロイドを開発したりと奇行の目立つ白川教授だが、やはりすごい人なのだと新島は改めて思った。でなければ「おばけを調査するアンドロイド」などつくれるはずがない。

「……ところで、聞きたいことがあるんだけど」

と、青木はキーボードでなにか操作したうえで、改まったように尋ねた。

「この前の廃村について、教授はなんと話してた？」

「え？」

これまではモニターを眺めながら話していた青木だが、その質問の際には新島の目を見て真剣な眼差《まなざ》しを向けていた。

「調査を中止した理由だよ」

「えっと、もう衛星写真には写ってなくて、廃村は消えてしまって調査はできないとか……」

「それはおかしい」

と、再びモニターに向き直る。

「あの廃村の端緒はくらひーの投稿だ。その添付画像をもとに場所を特定したわけだけど、僕たちが同じ場所を衛星写真で確認したときにはすでに廃村の姿は写っていなかった」

「……え？」

「衛星写真の更新間隔は数ヶ月から半年。くらひーの投稿を僕たちが発見するまで一週間の時間差《ラグ》はあった。その間に更新があって消えてしまったのだろうけど……いずれにせよ、あの調査は廃村が消えてしまったことを前提に進められていた」

「それじゃあ、衛星写真に写ってるかどうかなんて関係なく、まだ廃村は残ってるかもしれないってことですか？」

「そうだね」

「だったら、なんで教授は調査の中止を……？」

「わからない。アリサがこの点に疑問を挟まなかったのも、事前に言い含めていたか情報を与えていなかったか……」

「それ、アリサちゃんに聞いてみたらどうです？」

「今は眠ってもらってるよ」

そこで、先の操作がアリサをスリープモードにするものだったと新島は気づいた。

「教授は、どうにもあの村に関して事前に知っていた様子がある。そして、そのことを僕らに隠してる。なにか怪しいと踏んでいるんだよ」

「怪しいって……どんな陰謀があるんです？」

「さあ。ただ、素直に正面から問い詰めたとして答えてくれるとも思えなくてね」

だから探りを入れているのだ、という。

「そもそも、怪異検出ＡＩというのも謎が多い。あれは教授が独自開発したものでね」

「仕組みとかわからないんすか？」

「仕組み自体は難しくない。画像・音声・自然言語・嗅覚《きゅうかく》を統合して答えを出す深層学習《ディープラーニング》。そしてその開発には、おそらくなんらかの教師データがあったはずだ」

「教師？」

「猫を識別するなら、あらかじめ『これは猫だ』『これは猫でない』と人間側が正解を用意しておく手法だ。ＡＩは正解画像と比較して特徴量を生成する」

「怪異検出ＡＩにも教師がいた……」

「新島さん。君は、この研究室でいう『怪異』なんてものが本当にあると思うかい？」

「それは……」

どう答えていいのか困る質問だ。ここは「怪異」の存在を前提として調査する研究室だからだ。「ある」と答えるべきなのかもしれない。だが、それとは無関係に、新島の考えは混乱していた。すでに二件、「怪異」と呼ぶほかない記録を目にしているからだ。

「信じては、いませんでした」

「だよね。僕もだ。良識ある大人なら誰だってそうだ。ホラーや怪談好きでも、本気で信じてる人間なんてそうはいない。だけど、教授は違った。あの人は知っていたんだ。このプロジェクトがはじまる前から。だからこそ、こんなプロジェクトを大真面目に立ち上げたんだろうけど」

「正直なところ、まだ信じられない……というよりは信じたくないというのが本音です。先輩はどうなんですか」

「似たようなもんだよ。僕も電車と廃村の二つの事例しか知らない。そしていずれも、決定的といえるような証拠はない。どこかで、なにかを見落としているんじゃないか……なにか、他に合理的な説明ができるんじゃないか……。よくできた手品を見せられてる気分だよ」

「ですよね」

確かに、廃村についてはよくわからないままモヤモヤが残った。映像記録や料理のサンプルなどは回収できたが、世間的に「怪異の証拠だ」と出せるほどのものではない。今回の電車も同様だ。奇妙な映像は撮れたが、回収された物品はただの落とし物に見える。

「ただ、今回は物的証拠も多い。そこで調べてみた」

と、モニターにリストを映し出す。表計算ソフトに記述された統計データだ。

「日本の年間行方不明者数は約八万人。といっても、八割近くは一週間以内に見つかるわけだけど。で、僕らの県でいえば約千人。一日当たりでいえば二人か三人だ。で、問題はこの日――一月一六日。アリサが電車を調査した日だ。県警に二〇件の行方不明者届が出てる」

「……どういうことです？」

「アリサは電車からいくつかの物品を回収した。その数は三二」

「それがどうしたんですか。結構差があるように見えますけど」

「また、物品のうち四件はかなり年代が古いものであることがわかった。少なくとも五〇年以上前のものだ。つまり、三二引く四で二八」

「はあ」

「一日で二〇件の行方不明者届というのは異例だ。まったく無関係のものも交ざっているだろうし、差も大きいが、単なる偶然とも思えない」

「えっと、アリサちゃんが回収した物品と、行方不明者数になんの関係が？」

「回収した物品はスマホ、腕時計、本、財布、定期入れとさまざまだけど、いくつかは持ち主の特定できるものがある。わかりやすいのはその名刺かな。複数枚あったから本人だろう」

青木の指し示す先には、回収された物品がブルーシートの上に番号付きで並べられていた。まるで警察がするような証拠品の陳列である。どれも一見して、特に変哲はない。

「堺文彦《さかいふみひこ》、ですか」

「そしてこれだ」

次に映し出されたのは、県警ホームページの行方不明者公表手配だ。

氏名　堺　文彦　男性
年齢　46歳（行方不明当時）

身長　168センチ
体重　65キロ
服装　グレーのスーツ　青のネクタイ

「え？　ええ？　ど、どどど、どういう……」

「さてね。どう解釈したものか……。彼についてはもう少し詳しく調べる必要があるけど、調査を依頼している探偵の中間報告では行方不明になったのは半年以上前らしい。でも、行方不明者届が出たのはついこの前、一月一六日だ」

「ますますわかんないんですけど」

「行方不明になっていたことに気づかなかったんだよ」

ぞっ、と——寒気がした。開けてはならない扉を開けてしまったような感覚だ。

こんなことが、本当にあるのか。あってもいいのか。

「それじゃあ、他の物も？」

「スマホなんかの電子機器は壊れてしまった。データのサルベージもできない。他にも持ち主の特定できるものはいくらかあるけど……まだ公示されてはいないんだろう」

まだ。つまりは残りの落とし物も行方不明者と関連があるだろうということ。そして、回収せずに車内に放置した落とし物も、行方不明者の痕跡《こんせき》である可能性があること。落とし物を回収してこなければ、行方不明は気づかれていなかっただろうということ。

「……あれ？　でもおかしくないですか。堺さんの行方不明は半年前なんですよね。でも、貝洲さんは二年前……。えっと、その、なんで……」

「なぜ彼女は、落とし物にならないのか」

落とし物になる。奇妙な表現だ。しかし、そう表現するしかない。

電車に乗り込んでしまった人間は、遺品だけを残して溶けてしまうのだ。その存在の痕跡ごと、人々の記憶からも消え失《う》せる。そのように解釈するしかない。

「そのあたりに、この現象を解明するヒントがありそうな気はしている。多分、時間感覚が違うんだろう」

「感覚が違うから、物理法則も異なる、と……？」

いっそのこと、研究室がグルになって嘘をついているなら——その方が、現実的に理解できる。なにを信じればいいのか、足場がぐらつく気分に襲われる。

「この電車については……再調査するんですか？」

「そうだね。一二日間の試行で電車とは遭遇できたから再現性はかなり高いと思う」

「なるほど。ちなみにどの駅なんですか？　テキスト記録《ログ》では駅名については黒塗りですけど……出版に際して真似する人がいたらまずいからとか、駅の名誉を配慮して、とかですか？　それとも、単にそういう演出？」

青木は、質問に答えなかった。マウスをカチカチと操作して、なにかを探しているようだった。

しばらくして、諦めたようにモニターから目を離し、顳に手を当てて顔を顰《しか》めた。

「ん。あれ？　どの駅だ？」

# 共死蠱惑

## 1

「どうも、青木さん。お呼び立てしてすみません。どうぞ、こちらへ」

青木大輔は連絡を受け、ファミリーレストランで待ち合わせをしていた。相手はEGG総合探偵社代表取締役・谷澤宏一《たにざわこういち》。口髭《くちひげ》と顎鬚《あごひげ》を整えたナイスミドルだ。髪型もナチュラルオールバックがよく似合っている。これまでに何度か調査の依頼を引き受けてくれている相手だ。

「構いませんが……調査になにか進展があったということでしょうか？」

「いいえ。そちらも進めてはいますが、後でまとめて報告書をお送りします。今回は別件でして。……ひとまずドリンクバーと、なにかおつまみでも頼みますか？」

「お願いします」

探偵と依頼者が直接会う機会は、基本的には二回だけだ。依頼時と、達成時である。調査結果は口頭ではなく報告書の形で提出される。よって、こうして「直接会いたい」という申し出はあまり例のないことだった。青木は警戒していた。

「どうぞ。ジンジャーエールでしたよね」

「ありがとうございます。それで、本日の用件というのは？」

「そうですね。青木さんもお忙しい身でしょう。さっそく本題から……といっても、これから話すことはその前置きなのですが……。さて、青木さん──というより、白川研究室より受けている現在の依頼は、貝洲理江子さんという人物の行方調査です。我々としても、ストーカー規制法や個人情報保護法の手前、行方調査という依頼については慎重にならざるを得ません。顔と名前はわかるが、それ以外の情報はない。奇妙な依頼内容でしたが、青木さん個人の依頼ではなく大学の研究室からの依頼ということで、我々もあなた方を信用して依頼を引き受けました」

「はい。ありがとうございます」

「ただ、あなた方は、なぜ彼女を捜しているのかという理由についてぼかして伝えられた。関係について伺っても歯切れが悪い。我々としては、調査をはじめるためのとっかかりがなくて困っていたわけです。そういうわけで、あなた方についても調べさせていただきました」

「はあ」

雲行きが怪しい。青木は喉《のど》の渇きを覚え、ドリンクバーで取ってきてもらったジンジャーエールを口に含んだ。

「対怪異アンドロイド開発研究室。国内でも、というより世界的に見てもずいぶん珍しい研究テーマですな。工学部でオカルトめいた……なんとも不釣り合いだ」

「……そうですね。それで?」

「ああ、すみません。責めているようなニュアンスを感じているかもしれませんが、他意はありませんので。ただ、確認したいことがあるのです」

「確認したいこと?」

「貝洲理江子さんとはどのように知り合ったのか。いえ、もっとハッキリ言いましょう。彼女とは、怪異調査の過程で知り合った。そうではありませんか？」

青木はさらに急激な喉の渇きを覚えた。ついにはジンジャーエールを飲み干してしまう。疚《やま》しいことなどない。努めて平静を装い、答える。

「そうですね。ただ、そのような話をしても胡散《うさん》臭いと思われるのではないかと、伏せていました」

「なるほど。それで、彼女だけが行方不明になってしまった。そんなところでしょうか。おそろしいですね」

「なにが言いたいんです？」

「いえいえ。ただ、気になりまして。そういえば、以前のご依頼……倉彦浩さんの件も奇妙でした。あれも怪異調査ですか？　なんだか気になりますね。そういった調査の結果――怪異といいますか、おばけとか幽霊とか、そういうものの実在は確かめられたりしたのでしょうか」

「……これは、なにかのテストですか？」

「いえいえ！　まあ、テストといえばそうかも知れません。これは前置きですから」

「前置き……？」

青木は逡巡《しゅんじゅん》する。「怪異を調査していた」というだけなら問題ない。プラズマだったり低周波だったり認知の問題だったり、なんらかの科学的な説明のつく結論に辿《たど》り着いたと勝手に想像してもらえばいい。だが、実際にはそうではない。そのことを正直に話せば信用を得ることは難しくなるだろう。

（なんて面倒な役回りだ）

青木は教授を恨む。研究室の調査能力では限界があると教授は探偵を頼ることを思いついたが、その窓口については青木に丸投げしている。きっと、こういう状況を想定していたに違いない。

「……それらしい記録は集まりつつありますが、まだ検証中の段階です」

「なるほどなるほど」

悩んだ結果、嘘ともいえない慎重な物言いで言葉を濁した。こういえば研究者らしく聞こえるだろう。谷澤はそれを聞き、うんうんと頷《うなず》く。

「さて、長くなりますが……まだ前置きです。どうか辛抱強くお聞きください。探偵という仕事は、多くの人間と関わります。ときに信じられない奇行を見せる人間もいる。そして、ごくまれに人間とは思えない存在と出会うこともあるのです」

「……どういうことです?」

「以前請け負った、浮気調査についてお話しします。最近、夫の帰りが遅い。休日出勤が増えたが、会社に問い合わせてもそのような事実はない。夫が浮気をするような人とは思えないのだけれど——と、よくある話です。我々はその夫を尾行し、あるアパートに入っていくのを目撃しました。ラブホテルにでも入ってくれれば分かりやすかったんですがね。調べたところ、その部屋はどうやら若い女性の一人暮らしであることがわかりました。部屋に入った。数時間後に部屋から出てきた。その写真さえあれば証拠としてはほぼ十分、あとは女性の身元も調べるためゴミ調査を行いました。使用済みコンドームでも見つかればさらに決定的ですから」

「はあ」

「結果、見つかりました。あとは報告書をまとめて、奥さんに提出。たぶん離婚だろうと弁護士を紹介して……で、終わるはずだったのですが」

失礼、と谷澤は一礼し、コーヒーをぐびぐびと飲み干した。そして、スマホを取り出してあるニュース記事を表示させ、青木に見せた。

「〈夫婦喧嘩《げんか》の果てに共倒れか？　男女2名死亡〉――先の、浮気調査を引き受けた夫妻です」

「それは……心中お察しします」

谷澤は沈痛な表情を浮かべる。青木は適当な社交辞令を述べたが、まだ話の意図が摑《つか》めずにいる。

「これだけなら、まあ単に寝覚めの悪い事件で終わります。長くこの仕事を続けていれば、こういうこともある。ですが……問題は、浮気相手の女です。ゴミ調査の結果、浮気の証拠であるコンドームは見つかりました。しかし、それ以外のものが見つからない」

「それ以外？」

「生活感です。要は、生ゴミですな。ゴミの内容はシーツや衣服、ティッシュペーパー、ビニール袋、あとは百合《ゆり》やら菊といった花……つまり浮気の痕跡《こんせき》は見つかるのですが、彼女が生きていたという痕跡が見つからない。そういうわけで、改めて浮気調査の際に撮影した写真を確認しました。いったいどんな女なんだ、という興味ですね。が、奇妙なことに、彼女の顔が写っている写真は一枚もなかったのです。周辺の住民に聞き込みをしても、驚くほど印象が出てこない。アパートの管理人も『空き部屋だったような……』というぼんやりした答えでした」

怪談めいた話になってきた、と青木は思う。だが、まだそれだけだ。

「我々も仕事ですから、単なる個人的な興味で追跡調査などしません。それこそストーカーすれすれですからね。しかし、この女に……今度はうちのスタッフが入れ込んでいるらしいのです。ええ、既婚の男性です。浮気調査を生業《なりわい》とする探偵が浮気なんてのは笑えません。今後、職場に悪影響が出ないともかぎらないので彼の素行を調査することにしました。しかし彼は――失礼」

谷澤がテーブルに置いていたスマホがヴー、ヴー、と震える。マナーモードの着信らしい。彼は発信者の名前を確認すると、青木に一礼で断りを入れ電話をとった。

「おい、どうした。今お前の話をしてたとこだ。大丈夫なんだよな。ん？　なんだって？　今どこにいる？　おい」

と、谷澤はスマホを耳元から離した。

「……切れました。先の話に出ていたスタッフです。ここ最近ずっと欠勤続きで、音信不通でして。今回のご相談も、こういう事情で焦っていたのです。それが、急にかかってきたと思ったら……」

「なんとおっしゃってたんですか？」

「……『あの女の顔は見るな』、と」

青木は妙な怖気《おぞけ》を覚えていた。これは、アリサの調査記録を検証しているときに覚えるものと同じものだ。まだ証拠は足りない。谷澤が悪趣味な作り話をしているのかも知れない。そのような疑いが拭《ぬぐ》いきれないなかでも、言語化しがたい直感のようなものが働く。

これは、「本物」だと。

「つまり谷澤さんは、その女が……おばけとか、妖怪《ようかい》とか、そういう類《たぐい》のものではないかと、そう疑っているというわけですか？」

「…………」

今度は、谷澤が答えに困っているように見えた。顔を顰《しか》めて黙り、重く口を開く。

「たしかに、奇妙な話だとは思います。しかし失礼ながら、これだけでは……」

「これだけではありません」

谷澤は語気を強めて言った。

「ある日、ある探偵仲間と話す機会がありました。ライバル会社のようなものですが、気の合うやつでして。浮気調査のあとでこんな事件があって憂鬱《ゆううつ》だと。つまり先ほどのような話をしたわけです。すると相手も、昔似たようなことがあった、と。そうして話すうちに、場所こそ違えど……浮気相手だった女の特徴が一致していることに気づいたんです」

「なんと……」

「それでも、まだ二件。偶然かもしれない。……いえ、あるいは、この事件は浮気調査の報告がもたらした悲劇ではない——そう思い込みたいだけ、なのかも知れませんが……」

半信半疑、といった顔だ。拳《こぶし》に力が入り、震えている。長い前置きがあったのも、「信じてもらえるはずもない」という心理的障壁があったためだろう。まさに青木にも共感できる心理だった。

「なるほど。たしかにそのお話は、うちの研究室で扱う問題かも知れません」

「調査の専門家である我々としては、お恥ずかしいかぎりです。この件が本当に我々だけの手に負えるものなのか、不安になりまして。できれば、ご協力いただけないかと。もちろん謝礼は用意いたします」

「わかりました。僕らとしても研究対象の情報は願ってもないかぎりです。ただ、僕自身の専門はあくまでロボット工学です。怪異調査の専門家は、今から呼びます」

「今から?」

「車に待機させていますので」

青木はスマホを取り出し、アプリを起動する。すなわち、アリサのモニターアプリである。しばらくして、一人の女性が来店した。

「はじめまして。アリサです」

アリサは青木のもとへ真っ直ぐ歩いてきて、正面に座る谷澤に挨拶《あいさつ》した。

「こちらこそ。谷澤宏一です」

と、立ち上がって名刺を取り出す。

「あ、大丈夫ですよ谷澤さん。あなたの情報はインプット済みですから」

「インプット……?」

「彼女はアンドロイドなんですよ」

そう言われ、谷澤は目を丸くする。そして首を傾けながらまじまじとアリサを観察した。

「驚いた。たしかに、よく見てみると……」

「僕らは対怪異アンドロイド開発研究室。そして、彼女こそが対怪異アンドロイドのアリサです」

「……これは、誰かが操縦してるんですか?」

「いえ、自律型です」

「それはまた……」

谷澤は深く感心し、ため息をついていた。

「すみません、谷澤さん。さっきの話をもう一度お願いできますか? アリサに聞かせて、今一度検証したいと思います。それから、その女性を怪異として調査するかを決めましょう」


後日、〈一家心中か? 家屋全焼〉という見出しのニュースが報じられた。

「ひぇ～、マジすか。その女性に関わると、奥さんを殺して自分も死んじゃう……そういうことになるんすか？」

## 2

時刻は昼。天候は曇り。

白川研究室の保有するアリサ運搬用ワゴン車に現在乗車しているのは三人。運転手として青木大輔。アリサのモニター役として新島ゆかり。そして依頼者かつ尾行のアドバイザーとして谷澤宏一が乗っている。ちなみに、新島はただ暇だからとついてきた。

「そうなりますね。ちなみに、その事件の被害者は私の部下です。それに私も妻子持ちですからね。他人事《ひとごと》ではありません」

「あ、はは……すみません……」

閑静な住宅地。監視対象は古びた二階建ての安アパート。女が住むのはその一階だ。

彼らの乗るワゴン車はアパートから少し離れた駐車場に待機している。対象女性の外出を見計らって尾行する作戦である。

「状況から推理するなら、あの女に関わることで心を支配され……家族を巻き込んだ殺し合いが起こる。タチの悪い感染症か、あるいは時限爆弾というべきか……くそ、まさかあいつまで……」

谷澤は顔を伏せ、目頭を押さえた。

「あいつが電話をよこした時間……事件と照合すると、あの時間はまさに、あいつの家が燃えてる時間だったんですよ。あいつは多分、命からがら、残った正気を振り絞って、最期のメッセージを私に……」

「顔を見るな、でしたよね」

と、運転席から青木が話しかける。

「大丈夫です。仮に、その女の顔を見るだけでなにか問題があるとしても……アリサは人間ではありません。危険性はかぎりなく低いでしょう。極地作業にロボットを導入するようなものです」

「なるほど。怪異調査とアンドロイド――妙な組み合わせだとは思っていましたが」

「対象者が出てきたようです」

告げるのはアリサだ。張り込みの最中《さなか》に集中力を欠くような雑談をしていたのも、監視はアリサに任せていたからである。

「向かってくれ」

アリサはワゴン車を降り、追跡を開始する。人工筋肉は動作音が静粛なだけでなく、歩行音も強化学習で得られた最適な歩法によって最低限に抑えられている。尾行もまた、彼女の性能に適《かな》う。

「しかし、出てくるとは……あの女も、こんなふうに外出することがあるのか……」

谷澤は食い入るようにモニターを眺める。そこにはアリサの視界が映し出され、女の後ろ姿が見えていた。

「でも、ゴミ出しには出てきたんすよね？」

「それはそうなんですがね。そのゴミを調べても、コンビニやスーパーで買い物といった姿が想像できない。長年探偵をやってきた勘やら統計的な知識で測ることのできない……そんな不気味さがあるんですよ。プロファイリングが通用しないんです」

「ふ、ふつうの人に……見えますけどね……？」

女は黒のワンピースドレスに身を包み、両腕も肘《ひじ》まである黒の長手袋に覆われていた。脚はほとんどスカートに隠れているが、足元には黒タイツと黒のハイヒールが見える。髪も黒のロングストレート。さらに黒のつば広帽子。全身が黒ずくめのファッションで統一されていた。手荷物はないが、両手を前に揃えて姿勢よく歩いている。

一見すると、ややファッションが奇抜なだけの普通の人間にも見える。しかし、見れば見るほど得体の知れない違和感が生じる。そこにあるべきでない異質な存在感。上品な佇《たたず》まいがかえってわざとらしい。人ならざるものが人間の真似事をしているような――それこそ、「不気味の谷」仮説を再現するような感覚である。

「あれ？」

そうして、じっとモニターを観察していると、じょじょに女との距離が縮まっていくように見えた。というより、このままでは追い越してしまうのではないかと、新島は気づいた。

「アリサちゃん！　ちょっと速すぎ！　追い越しちゃう！」

「……足音尾行か」

ついにアリサは対象を追い越す。だが、問題はない。アリサは背面にもカメラを搭載しているからである。

「――と、顔は自動的にフィルタリングしてくれるわけかい。便利だねえ」

谷澤は顎鬚を撫《な》でながら感心した。モニターでは顔を自動検知した上からデフォルメした顔のマークを貼り付けている。モニター越しでも彼女の顔を見た場合になにが起こるかはわからないからだ。もっとも、つば広帽子のためにフィルターなしでも顔はほとんど見えない。

「え、前歩いちゃってますけど……前を歩いて尾行って成立するものなんですか？」

先の呟《つぶや》きに、新島は疑問を呈す。

「人間、前を歩いてるやつのことを思った以上に気にしないものでしてね。前を歩いて足音を頼りに尾行するってやり方があるんですよ。もっとも、このアンドロイドの場合は後ろにも目がついてると来ている」

「はえ～、アリサちゃんいつの間にそんな尾行テクを……」

「それにしてもこの女、どこへ向かっている……？」

谷澤は別のモニターに映し出された地図を眺める。ワゴン車には計六つのディスプレイが並び、アリサの視界を映し出したりさまざまな情報をリアルタイムで表示している。

「なるほどな。あー、新島さんだっけ？　アンドロイドへの指示はこのマイク？」

「あ、はい。そのスイッチでオンにしてください」

「もしもし。バス停だ。女はバス停に向かってる可能性が高い。そこで待つといい」

『わかりました。私もその可能性が高いことに同意します』

と、マイクをオフにする。

「え、バス停まだ遠くないすか」

「まあ見てなって」

谷澤の予想通り、女はバス停で立ち止まった。アリサはその前に立ったまま、振り返ることなくその様子を捉《とら》えている。バスを待つ人々は他にもいたが、全身黒ずくめで長身の彼女は、どこか非現実的で風景から浮いて見えた。

「わ。ホントだ。なんでわかったんですか？」

「このへんを実際に歩いてみればわかる。この道を通るならバス停だとね。ちょうどバスが来る時間も近い。この女がバスに乗るというのは意外だが……」

時刻表もモニターに表示させる。次のバスまで、あと一分もない。

「青木さん。車を動かす準備を。バスを追いましょう」

「通信なら日本中どこにいても届きますよ。衛星を介してますから。電波妨害でもあれば別ですが」

「その電波妨害があるかもしれない。ともあれ、万が一のためにサポートに行ける位置に待機しておいた方がいい」

それもそうか、と青木はエンジンをかける。いつまでも駐車場に停めておけないのもある。

「バスに乗ったな。行き先は……ううむ、どこだと思う？　新島さん」

「そうっすねえ。商店街、郵便局、デパート……行き先はいろいろあるっすけど……あ、ここなんてどうすか」

路線図を表示させたモニターで指さしたのは、霊園である。

「霊園か。たしかに、おばけには似つかわしいな」

アリサは前方に座り、斜め後ろに座る女の姿を背面カメラで視界に捉えている。女はただ、背筋を伸ばして両手を揃え、姿勢よく座っている。

「妙だな……」

「なにがです？」

「この女、なにをしてる？」

「えと、なにもしてないように見えますけど」

「そうだ。なにもしてない。ただ姿勢よく座ってるだけだ。ふつうは、スマホをいじるなり本を読むなり、あるいは外の景色を眺めるなり……なにか暇を潰《つぶ》すための挙動をする。それがない」

「そういえば……」

「まあ、ただボーッとしてたり、寝てるだけってこともあるだろうが……」

違和感。顔はフィルタリングで見えないが、それでいてなおこの世のものとは思えない違和感があった。日常の風景のなかに溶け込めない異物感だ。彼女は姿勢を正したまま、崩すことがない。

「ちょっと思ったんですけど、この女の人って顔見たらやばいんですよね。こんなふうに普通に街歩いたり、バスに乗ってたりしたら誰か見ちゃうんじゃ……」

「いや、おそらくそうはならない」

「どうしてです？」

「こうして見ると、めちゃくちゃ目立つだろ。だが、周りはこの女を気に留めてる様子がない。探偵という職業柄もありそうだが、私ならついチラチラ見てしまいそうなものだ」

「そうっすね……」

見知らぬ人間の顔をジロジロ見るのは失礼だ、という意識がふつうは働く。それでも、奇異な人間を目にすれば反射的に思わず見てしまう。探偵である谷澤の仕事は人間を観察することだと言ってもよい。その彼から見て、そのような反応を示す人間は誰一人見つけられない。女はバスに二〇分以上乗っていたが、誰一人彼女の存在を気に留めてもいなかった。

強烈な存在感と同時に、そこにいないかの非存在感が同居している。言語化し難い気味の悪さがそこにはあった。出来の悪い合成映像のような——しかしたしかに、体重によって座席が沈んでいる。窓ガラスにも反射して映っている。そんな当たり前の光景にすら違和感があった。まるで彼女が「存在しない証拠」を無意識に求めているかのように。

「あれ、だとしたら……」

「どうした」

「彼女と浮気したって人は、どうやって彼女と知り合ったんすか？」

矛盾である。誰も気づかない幽霊のような女、あるいは幽霊そのものである女だが、被害が出ている以上、彼女とはどこかで知り合っているのだ。

「……選ばれた、のか……？」

「え？」

「我々がこの女を見ているのか？　それとも、この女に我々が魅入られているのか？」

もし彼女が、選んだ人物の前にだけ姿を現すというなら。こうして見えているということは、「選ばれている」ということになる。

「だとしたら、なぜ選んだ……？　お前はいったい、なんなんだ……？」

考えを巡らせるも、仮定に仮定を重ねた不確かな憶測ばかりになる。常識や科学的知見に整合しない与太話だ。今はなにより情報が足りない。不可解を無理に埋めようとしてはならない。彼女がどこへ向かい、なにをしようとするのか。まずはそれを見極めることからだ。谷澤は呼吸を落ち着ける。

「ビンゴだ」

霊園前のバス停で女は動く。明らかに降りる動きだ。しかし。

「おい。この女、運賃を払わなかったぞ」

そして、運転手も周りの乗客もそれを咎《とが》めるどころか不思議に思う様子もない。

「せっこ！　アリサちゃんですらお金払ってるのに！」

「ん。そういや、アンドロイドも払う必要はあるのか？」

「まあ、そりゃ重量物ですし」

「それもそうか。……しかし、やはりか。周りの人間は、この女の存在に気づいてないのか」

ワゴン車も追うように霊園の駐車場に停める。

梅《うめが》ヶ丘《おか》霊園は標高一四〇メートルほどの小高い丘の上に位置する大型公園墓地である。人気《ひとけ》は少なく尾行の難易度は高くなるが、たまたま同じタイミングで墓参りに来ていた、という設定なら怪しくはない。事実、駐車場には十数台の車が停まっている。霊園は見通しがよいため、どの墓に用事があるのかは遠目からでも確認できるはずだ。

霊園には一万基以上の墓が並ぶ。ここまでの行き先はおおよそ予想できたが、この先は難しい。だが、谷澤には予感があった。「あるいは」「もしかしたら」という悪寒にも似た感覚だ。

「幽霊が、墓参りか……」

広大な区画に、無数の墓が並ぶ。端にはクスノキが植樹されている。女は迷いなく特定の墓を目指しているように見えた。車が停まっている以上他にも墓参り客はいるようだが、少なくとも同じ区画に人の気配はない。

そのなかを、女は最短経路で奥の区画を目指して歩いていく。

「なるほどな。少し出てくる」

「え？」

予想外の言葉に、新島と青木は同時に間の抜けた声を漏らした。

「出てくるって……え？」

言葉を待たずに、谷澤はワゴン車から出て駆けて行った。行き先は、明らかに女のもとである。

「な、なんで……！　か、顔見ちゃったら、危ないんじゃ……！」

もはや止めることもできず、新島は見送ることしかできない。

モニターには、女の行方を追うアリサの視界が映し出されている。女が立ち止まった墓は、〈谷澤家〉のものであった。

3

高校生のころ。修学旅行のときだった。突然教師に呼び出され、なにごとかと思った。

その話を聞いたとき、彼は地面がひどく頼りないものに思えた。言葉の意味が理解できずに、なにも信じられなくなった。

両親が死んだ。それも、交通事故などではない。夫婦喧嘩が激化し、互いに刺し合った。

そんな、信じられない話を聞いた。

修学旅行に向かうほんの数日前にも、そのような兆候は一欠片《かけら》もなかった。教師による悪質な嘘としか思えなかった。

葬儀に出ているあいだも、ずっと茫然《ぼうぜん》自失の状態が続いた。親戚《しんせき》がなにやら声をかけていたが、なに一つ覚えていない。だが、耳に入った噂については覚えている。

父の浮気が原因だった、というのだ。

ショックだった。考えたこともなかった。なにも問題のない円満な家庭だと思っていた。テレビの向こう側にしかないと思っていた悲劇が予告なしに降りかかってきた。

本当の原因が知りたかった。そんなことがあるはずがないと、真相が知りたかった。

探偵の真似事をして、あらゆる関係者に聞き込みをした。近所の住民、父の職場、警察――とにかく聞き回った。子供だからと相手にされないことも多かったが、それでも根気強く聞き続けた。なけなしの小遣いから本職の探偵にも頼った。

結果、噂は本当だった。父は浮気をしていた。

だが、問題はその相手だ。

まるで知らない女だ。どれだけ調べても、その素顔が浮かび上がることはなかった。手に入ったのは、ピンボケした写真か、後ろ姿の写真だけである。


そして二〇年。

探偵の真似事をするうちに本当の探偵になり、心の片隅で痼《しこ》りのようにあの事件を思いながら仕事を続けていた。いつか、なにか新しい手がかりが得られるのではないかと、空想のような希望を抱きながら。

それは叶《かな》った。早い段階で予感がしていたにもかかわらず止めることができなかった己を呪った。幽霊のようなあの女は、本当に幽霊のように、二〇年前と変わらぬ姿で再び彼の前に現れた。次こそは逃すまいと部下に女の追跡調査を指示した。自分で調べなかったのはなぜか。きっと、怖かったからだ。結果、その部下までも失い、重い後悔と自責の念に押し潰されそうになりながらも、しかし。

高揚していた。ついに真実に迫ろうとしていると、興奮を覚えた。父の汚名をそそぐことができる。両親は、あの女に殺されたのだ。


そして今。

どういうつもりか、あの女は両親の墓の前に立っている。

（私には、すべてを終わらせる責任がある）

谷澤宏一は懐より刃渡り二〇センチのナイフを取り出した。明らかな銃刀法違反である。あの女を確実に殺すため用意した凶器だ。あの女は幽霊なのか。特異な能力を持った人間なのか。いずれにせよ、実体はある。実体があるなら、刺せるはずだ。

（思えば、私の人生はあの女を殺すためにあったのかも知れない）

憎しみや復讐心《ふくしゅうしん》がないわけではない。だが、それ以上にあるのは使命感であり責任感だ。日常の裏側に、人々の心を蝕《むしば》む「なにか」が潜んでいる。白川研究室から怪異調査に関する依頼が来たのは偶然だが、探偵業をここまで大きくした結果の必然でもある。

つまりは、運命だ。

（あの女を殺せば私は殺人罪か？　それでも）

ナイフを構え、駆け出す。なにも言わず、真っ直ぐに、女を刺し殺す。被害の拡大はそこで止まり、正体も白日のもとに晒《さら》されるだろう。

（死ね――）

しかし。

あの女が振り返り、その顔を見せたとき。

時間が止まった。

ナイフを握る手が痺《しび》れた。足が震え、覚束ない。あと一歩が踏み出せない。

なにがあっても刺すつもりだった。

顔を見てしまったとしても、勢いよく向かえばそのまま刺せるだろうと考えていた。殺したあとでなお支配が継続するとしても、警察に勾留《こうりゅう》され家族と引き離されるなら被害は広がらない。

事実、修学旅行で両親と離れていた自身が無事だったのだ。

そんな、浅はかな考えだった。

顔を見てしまった。その顔を見てしまったなら、跪《ひざまず》いて首を垂れるしかない。

そういうものだと、理解してしまった。

谷澤は、せめてもの抵抗として、ナイフを深々と地面に突き刺した。

＊　＊　＊

「谷澤さん!?」

その光景を、青木と新島はモニター越しに見ていた。

谷澤がナイフを握り、明らかな殺意を持って向かっていた。それもまた理解しがたい光景だったが、その先。彼は女の顔を目にした途端、脱力したように膝《ひざ》から崩れていった。

途方もない異常事態が起こっている。わかるのはそれだけだ。

「アリサ！　なにが起こっている！」

現場にはアリサがいる。この状況の理解に最も近いのは、アリサであるはずだ。

『顔を見せることを条件に、彼女には人の行動を支配する力のようなものがあるのではないかと考えられます』

見ればわかる、というような答えだが、そんなことがあるものかという理解を拒む心がある。

催眠術どころではない。これではまるで、空想上《フィクション》の超能力だ。神話上《フィクション》の怪物だ。

「谷澤さん、最後にナイフを地面に突き刺しましたけど……」

今は、蹲《うずくま》りながらそのナイフを引き抜こうという動きを見せている。

「支配に抗《あらが》って、また女を刺そうとしている……？」

状況がわからない。このような光景を、現実で見たことがない。青木はただ、歯噛《はが》みするしかなかった。

「ど、どっちにしろ止めないと！　なんとかならないんですか先輩！」

「どっちにしろ？」

「え？　いえその、女を刺そうとしてるのか、それとも……自害させられそうになっているか、ってことです！」

「な」

青木の考えもしなかった可能性を新島は示した。

後者の場合、最後にナイフを地面に突き刺したのが谷澤自身の抵抗であり、ナイフを引き抜かないよう抗っている、ということになる。緊急性はより高い。

「アリサ！　その女を殴り倒せ！」

荒っぽいが、そうするしかない。この異常事態の原因は間違いなく女にある。仮に女が生身の人間なら、アンドロイドの傷害事件ということで研究室の存続そのものが危ぶまれるだろう。だが、今やそれどころではない。人命がかかっているのである。

「アリサ！　どうした！」

アリサは動かない。ただじっと、女と谷澤の様子を観察している。

女は谷澤を見下ろし、谷澤は震える手でナイフを握っている。

「な、なんで動かないんすか……!?　まさか、アリサちゃんも……」

「パラメータは正常だ。僕の命令が怪異調査という大目的よりプライオリティが低いからだろう。彼女はただ、今起こっている現象の観察を優先してるんだ」

「そんな……。な、なにかないんですか、こういうときって。遠隔操作とか……」

「無理だ。アリサのセキュリティはアリサ自身が独自に開発したものだ。鍵《かぎ》を閉じ込めた車みたいなものなんだよ。彼女の自律性は高度に保障されている」

打つ手がない。アリサは人命救助のためのアンドロイドではない。怪異調査のためのアンドロイドだ。正常な挙動を示しているだけだが、今はそれが憎らしい。

「私が行きます」

「なに？」

青木は耳を疑った。

「その、今まで被害に遭ってるのは既婚の男性なんですよね。私、未婚の女性っすから。もしかしたら効かないかも……」

「待て！　なんの保証もない！　それをいえば僕だって独身……」

「それでも、私の方が条件から遠いですから。先輩は残ってモニターしててください。あとは研究室とか、警察に連絡入れて……」

「行くったってどうするんだ。おい！」

＊＊＊

駆け出しながら、最後に聞いた青木の言葉に新島自身も同意した。

行ったからといって、なにができるというのか。

それでも、ただじっと見ていることなどできなかった。

谷澤はナイフを持っていた。女を倒さねばならないのなら、武器がいる。あるいは、話は通じるだろうか。なにかしているわけでもないのに「やめて」も変だ。

わからない。わからないなりに、新島は目に入った水桶《みずおけ》を手に取った。これを投げつければ――霊園側に迷惑が――そんなことを考えながらも、ただ駆ける。

「谷澤さん！」

モニター越しで見るだけでは伝わらない、異様な光景だった。女が谷澤を見下ろし、谷澤は地面に突き刺したナイフを握りながら蹲り、アリサは直立不動でその様子を眺めている。

「しっかりしてください！」

まずは、谷澤の安全だ。ナイフから手を引き剝《は》がし、女から距離を取ることを試みる。それで意味があるかわからないが、それくらいしか浮かばない。

「谷澤さん！　ナイフを離して！」

力が強い。とてもじゃないが、新島の力では谷澤を動かせない。

「アリサちゃん！　手伝って！」

だが、アリサなら。アリサの力ならできるはずだ。しかし、やはり、彼女は動かない。直立不動のまま、その光景を眺めるだけである。

「アリサちゃん！」

「怪異の観察中です。状況をあまり動かさないでいただけますか」

「わからないの⁉　このままだと、谷澤さんが……！」

「はい。怪異の影響により谷澤宏一さんはこのまま自害するものと思われます。その経緯を記録します」

彼女は人の姿をしている。彼女の行動記録を目にしてきた。だから新島は、心のどこかでアリサに感情移入していた。

それは間違いだった。彼女は機械だ。人を助けるという心はない。彼女もまた、怪異と同じくらい相容《い》れない存在でしかない。

（だったら――）

原因の方を除くしかない。機械《アリサ》には頼れない。武器としては心許《こころもと》ない水桶を握り、新島は女を睨《にら》みつけた。

しかし。

つば広帽子から覗《のぞ》く、その女の顔を目にしたとき。

時間が止まった。

水桶を握る手が痺れた。足が震え、覚束ない。まるで神経を囚《とら》われたかのように。

力が入らない。新島もまた膝から崩れ落ち、ただ無力に跪くしかなかった。

未婚も女性も、関係がない。彼女の魔性の前には分け隔てがない。

浅はかだった。青木の言葉に従うべきだった。飛び出したからといって、なにかできるはずはなかった。このまま目の前で谷澤の死を見せつけられ、次は自分か。そう思うと、怖気が背骨を貫いた。呼吸の仕方すら忘れそうになる。

顔を見てしまった。その顔を見てしまったなら、跪いて首を垂れるしかない。

そういうものだと、理解してしまった。

人間は、彼女に抗えない。

だが、機械《アンドロイド》はそのかぎりではない。

「え」

アリサが動いた。

女のもとへと、真っ直ぐに歩を進める。

そして、強化学習によって得られた最適なフォームで、女の顔面に右ストレートを放った。

「アリサちゃん⁉」

続けて顎を砕くような左アッパー。この連続攻撃に、女はよろめく。

そして、逃げた。脇目も振らずに、信じられない速度で。アリサは、すかさずそれを追う。

「な、なんで……?」

「二例目が出たことで判断が変わったんだ」

女とアリサの姿が見えなくなったころ、代わりに青木が現れそういった。

「このまま観察するより、殴りつけることで止まるのかどうかという興味が上回ったんだろう。結果としては、新島さんのおかげだね。環境変化がうまく好転した」

「え、あ、それより谷澤さん⁉」

気づけば、身体は自由に動く。谷澤はまだ蹲ったままである。だが、ナイフからは手を離していた。

「……よくわかった。あの女は、人間が手を出していいものじゃない。自惚《うぬぼ》れていた。白川研究室の皆さんにも、ご迷惑をおかけして……」

「いえ、まあ！　なにごともなくてよかったじゃないっすか！」


二時間後。バッテリー切れで路上に倒れていたアリサをワゴン車で回収する。

そして後日、探偵・谷澤宏一の事故死が報じられた。

## 対怪異アンドロイド開発研究室③

「新島さん。あれから、特に問題はない？」

と、心配そうに声をかけるのは青木だ。

一連の事件は谷澤宏一の事故死によって幕を下ろした。すなわち、調査の結果として死者が出たのである。これまでも倉彦浩や貝洲理江子など行方不明者は出ていたが、関わりのあった人物で明確に死者が出たことは新島や青木にとってショックが大きかった。

「私は、大丈夫です……。たぶん、やっぱり未婚で女性だからっすかね……？」

少なくとも、新島自身にはなんらかの自覚症状はない。「あの女」の顔を目にしたときは、身体の自由が利かない明らかな「異常」を体験したが、今はふつうだ。しかし、それがおそろしくもある。

アリサが殴ることで撃退はできたが、「あの女」はまだ取り逃したままなのだ。

「それにしても、このタイミングで事故死って……絶対、事故じゃないですよね……」

谷澤の死は尾行劇の二日後だ。無関係のはずがない。それを思えば、新島は気が気でない。

「教授。谷澤さんが亡くなりましたよ」

今度は、責めるような語調で青木は白川教授に声をかけた。

「そうだな。怪異調査が危険であることは、はじめからわかっていたことだ」

「はじめから……？」

その点を、青木は以前から疑っていた。

「怪異調査の危険性について、私ははじめから警告していた。それでもついてくるなら、と念押ししたはずだ」

「それは、そうですが」

それを言われると、青木は言葉に詰まる。確かに言われた。だが、信じてはいなかった。実際に調査し、実在の証拠らしきものを収集し、直面するまでは、本当に危険があるなどとは想像してもいなかった。

「……前々からお聞きしたかったのですが、教授はなぜ調査をはじめる前から怪異の存在を確信していたんですか」

しかし、だからといって退《ひ》くわけにはいかない。青木の表情は真剣だ。対し、白川教授はむすっとして椅子に体重を預けた。

「一つ、思考実験をしようか」

「思考実験？」

「おばけの出なさそうな場所はどこだ？」

奇妙な問いに、隣で聞いていた新島も首を傾げた。

「それは、思考実験というより大喜利では？」

「まあ、いいから考えろ。おばけの出そうな場所なら想像はつくな。学校、病院、廃墟《はいきょ》、トンネル——どこにでも出そうだ。だが、出なさそうな場所は？」

「……塩田」

「なるほど。塩がおばけに有効ならそうだろうな」

「えと、真昼の雑踏！」

「人々が行き交うなか、自分だけが見えるおばけがいたらどうだ？」

「火星とかどうです？」

「前人未到の火星におばけがいたら、怖くないか？」

「動物園！」

「夜、動物が寝静まったあとなら出てきてもおかしくないだろ」

青木と新島が交互に答えるが、どれもたしかに「出そう」と言われれば「出そう」ではある。

「出なさそう」な場所は、だからこそ「出たら怖い」に繋《つな》がる。

「……で、なにが言いたいんですか？」

「焦るな。これについては私もずっと考えててな。辿り着いた答えが土俵だ」

「土俵？」

「なんとなく、不似合いだろ？」

「それでも、力士のおばけとか出てくるんじゃないですか」

「かもな」

「で？」

「なに、言いたいことはシンプルだ。おばけはどこにでも出る。安全圏なんてどこにもないんだよ」

それだけ聞けば、ただの戯言《たわごと》だ。もし現実がホラー映画だったら――といった仮定に基づく与太話だ。しかし、現に数々の異常事例を目の当たりにしている今となっては、もはや笑える話ではなかった。

「まあ、探偵に頼ることは難しくなったな。ＥＧＧ総合探偵社は社長を含めて立て続けに二人も犠牲者が出た。貝洲理江子まではなんとかしてくれるかもしれんが、それ以上は受けてもらえないかもな」

「……続けるんですか」

「あん？」

「こんな事態になっても、怪異調査を続けるつもりですか」

「当然だ。怪異調査は続行する」

「なぜですか？」

「ん？」

「なぜ教授は、怪異を調査しようなどと……」

青木が食い下がる。質問にはまるで答えていなかったからだ。教授は引き出しから封筒を取り出した。

「谷澤からの遺書だ」

「遺書?」

青木は目を丸くしながら、その封筒を受け取った。

「お前たちも気づいている通り、谷澤は事故死じゃない。自殺だ。家族に要らぬ心配をかけないよう事故を装ったんだ。自殺の理由はそこに書いてある。あいつはあの女からの影響を自覚し、このままでは家族に危険が及ぶと死を選んだ。谷澤は最悪の可能性を想定し、準備していたんだ」

息を呑《の》みながら青木は遺書に目を通し、後ろから新島も覗き込む。

「そして、谷澤は私たちに託した。怪異のことなど家族にはとても話せない。だが、もし話せるようになったなら……あの女の正体が明らかになったなら、家族に説明してほしいと」

たしかにそのように書かれていることを、青木は確認した。

「わかるな」

それが怪異調査を続ける理由だと、白川教授は言外に告げた。

青木も納得した。谷澤の遺志を継がねばならない責任を理解した。

「まあ、それは結果だ。原因じゃない」

教授は椅子をくるりと回転させ、ガン、と椅子の背を机にぶつけた。

「そうだな。人間の認知能力というのはガバガバだ。あるいは、よくできているともいえる。空気中に舞うハウスダストをいちいち目で追ったりしないし、フローリングの木目パターンなんかいちいち覚えちゃいない。コップを動かすと天井が落ちるんじゃないかとか、コーヒーを注ぐと壁の色が変わったりしないかとか考えることもしない。いろんなことを巧《うま》いこと無視してる。まあ、フレーム問題の話だ。怪異検出AIは、そうやって人間が取りこぼしている情報を拾う」

「……その原理はわかります」

「今回も面白い映像が撮れてたじゃないか。あれだけ目立つ女を、バスの乗客は気に留めてもいなかった。つまり、あの女は認知フレームの外にいたんだよ。整理券を取ったらバスが爆発するかもしれないと怯《おび》える人間はいないように、あの女は認識されなかった」

「どうやってそんなことを……」

「それはわからん。映像を徹底的に解析してるが、まったくな」

「それで?」

「くく。どうした青木。苛立《いらだ》ってるのか? それとも怖いのか? そうだよな。なにもわからん。怖いはずだ。不確定性原理で量子の挙動がわからんとか、宇宙の果てになにがあるかわからんとはわけが違う。村も、電車も、あの女も。殴って撃退したようだが、地面にも拳にも血はついていなかったそうじゃないか。どういうことだ? なにもわからん。怖いよな」

「………………」

「アンドロイドの開発に携わってるんだ。『不気味の谷』仮説くらいは知ってるな。ヒューマノイドが人間に似れば似るほど、ある一点から急激に不気味さを感じる谷が生じ、それを超えれば不気味さは減じるとする説だ。

　さて、仮にこの不気味の谷が実在するとする。では、なぜこんなものがあるのか? まあ、与太でありSFではあるんだが、かつて『人間に似たなにか』がいたからだ、と。まあそういう話がある。くひひ、なんというか、まんざら馬鹿話でもない気がしてこないか?」

「そろそろ、本題に入っていただけませんか」

「本題？　なんの話だったかな」

「教授はなぜ、プロジェクトがはじまる前から怪異の存在を確信していたのかという話です」

「その話か。そうだな。その通りだ。私が怪異と出会ったのは、このプロジェクトがはじまるずっと前だ。怪異検出AIの開発もそうだ。教授になる前、博士号をとる前、大学に入る前に、私は怪異と出会い、その検出のためのAIを開発した。にもかかわらず」

教授は、首だけになって机の上に置かれているアリサの頭を撫でた。

「本格的な調査に乗り出すには、こいつのような高度なアンドロイドの開発が完了するのを待った。なぜだかわかるか？」

それは答えを求める問いではない。青木は黙って続きを待つ。

「怖いからだ」

教授は笑みを潜めて、真剣な眼差《まなざ》しで語った。

「現実は一つより多いが複数より少ない。怪異はきっと、そんな隙間に存在する。客観的というものはあっても、客観というものはない。だから、私は客観《かみ》をつくりたかったんだ。そうすれば怖いものなどなにもない。アンドロイドならば、現実を生《き》のままに認識できるかもしれない。はじめからわかっていたように、そんなものは夢物語だったがな」

「……釈迦《しゃか》に説法ですが、処理能力が有限である以上、現実空間で活動するにはフレーム問題を解決する必要があります」

「そうだ。そしてフレーム問題を解決していてしまったのなら、現実《それ》は解釈という枠の中に閉じ込められてしまうことを意味する。世界をありのままに捉えることは不可能になってしまうわけだ。

それが私は怖かった」

「怖い？」

「そうだ。怖かったんだよ。人はなぜ怪異《おばけ》を怖れる？　よく言われるよう、わからないからか？　現代人は原理を理解もせずに電子機器《スマホ》を平気で扱う。そこに恐怖などない。自分に生えている毛の総本数がわからないからといって怖いか？　壁の染みがいつついたのかわからなくて怖いか？　だが、私はもう一つの説を考えた。わからないというのは、怖いんだ。本当は、わからないから怖い。ただ、その恐怖を麻痺《まひ》させられていい、い、い、るのだ、と」

「原理のわからないスマホを恐怖も感じずに平気で扱うのは、本来ならおかしいと？」

「世界五分前仮説っていうくだらない思考実験があるよな。この世界はもしかしたら、五分前につくられたものなのかも知れない。さまざまな記憶が、記録が、痕跡が、世界は何年も前から、何千年、何万年、何億年と前から存在しているかのように物語っているが、それらはあくまでそう見えるように五分前につくられたのだ、と。

　馬鹿馬鹿しいが、これを否定することはできない。過去を確かめる術《すべ》などないからだ。我々はただ、過去と現在は連続性のあるものだという仮説に従って、特に疑いもなく生きてるだけだ。そうでなくとも、記憶なんて信じられないほど曖昧《あいまい》なものだってのにな」

「ですが、そんな懐疑主義を本気で信じて怯える人間はいない……」

「そうでもない。水槽脳や哲学的ゾンビのような思考実験を本気にしている人間も世の中にはいる。私も似たようなものだ。だが、なにをもって異常で正常だ？　無視して考える方が、本来あるべき恐怖を忘れてしまっているだけじゃないのか？　本気にして考える方がむしろ、真実に近い態度といえるんじゃないか？」

「いったい、なんの……」

「ああそうだ。こんなことに思い悩むのは中学生でやめておけ。そんなことはわかってる。だがそれでも、私は疑いを拭い去れない。私はすでに死んでるんじゃないか？　街ですれ違う人々はゾンビなんじゃないか？　戸棚の裏には異世界の入り口があるんじゃないか？」

「………」

「さて。どうだ。ここまで聞いてどう思った？　ついていけないと思ったか？　まともに相手をしてはいけない教授だと思ったか？　本当に正気かと疑ったか？」

「それは……」

思考実験としてなら、理解できる。しかし、それを本気で恐怖の対象として考えるなら。

だが。しかし。それでも。

彼自身もまた、そういった荒唐無《む》稽《けい》な妄想と真面目に付き合わなければならない領域に、足を踏み入れていることに気づいた。怪異を相手にするというのは、そういうことなのだ。

「青木。お前は私に、なぜずっと前から怪異の存在を確信していたのか、と聞いたな。だが、お前はこう聞くべきだった。確信していたのなら、なぜ話さなかったのか――と」

教授は、瞳《ひとみ》に妖《あや》しい光を湛《たた》えた笑みを浮かべた。

「これが答えだ。私は、壊れてしまっているんだ。常識の外にある存在を知ってしまったがために、あらゆる懐疑を、あらゆる妄想を、現実の問題として処理しなければならなくなった。私のフレームはガタガタに壊れてしまった。幸いにして、私にはかろうじてその自覚がある。だから話さなかった。話したところで理解したか？　信じたか？　私は怖かったんだよ」

　そして、笑う。

「ぐひっ。ぐひっ。ぐひゃひゃ！　げひゃひゃひゃひゃ！　ああ、申し訳ない気持ちでいっぱいだ。私はお前たちを巻き込んでしまった。なあ、どうやって解釈する？　神出鬼没の廃村。人々の痕跡を持ち去る電車。顔を目にしただけで心を蝕む女。こいつらをどう解釈する？　どうやって理解すればいい？

　なあ。わかるだろ。私はなぜ怪異調査に挑むのか？　もうわかっただろ。わかれよ。私は、壊れてしまったフレームを再構築するために怪異に挑むしかないんだ。理解可能な枠組みに、連中を押し込めるために。そして——」

　ふ、と。呟くように。

「有紗に会うためだ」

# 饕街雑居

1

怪異《おばけ》はどこにでもいる。

が、傾向として「出そう」なところに出る。

無作為抽出のアンケート調査によって「おばけの出そうな場所」を集計する。そうして得られたデータと実際に怪異の出現する場所には有意な相関が見られる。

ただし、因果関係は不明である。

人間のそのような「恐れ」が怪異を生み出すのか。人間には元来、怪異を検出するだけの微弱な能力があるのか。いずれにせよ、積極的に怪異と出会いたいのなら「出そう」なところへ向かうのが効率がよい。

たとえば、路地裏である。


駅から少し離れた商店街。その寂れた一角に、存在を忘れられたかの四階建ての廃ビルがある。剝《む》き出しのコンクリート外壁はところどころひび割れ、錆汁《さびじる》が漏れている。窓は多くが破損していた。放置された室外機はもはや動作を期待できないだろう。かつてはテナントが並んでいたであろう看板も空白だ。入り口は錆《さ》びたシャッターが下ろされ、封鎖されている。しかし、あえて薄暗いビルの隙間を縫うように路地裏へ足を踏み入れたなら。

鍵《かぎ》のかかっていない裏口が、招くように独りでに軋《きし》みを上げて開く。

「いらっしゃいませー！」

その先では、中年夫婦（と思《おぼ》しき）二人が経営する中華料理店に迎えられた。カウンターの向こうには厨房《ちゅうぼう》があり、炒《いた》め物のために中年男性が中華鍋《ちゅうかなべ》を振るっている。壁には一品ずつ料理名が書かれた張り紙が並んでいた。「中華料理店」と断じたのはこの二点が根拠となる。床や天井は油で汚れていた。

客席はカウンター席が六つ。四人掛けのテーブル席が三つ。四角のテーブルに丸椅子が四つだ。客の姿はほとんどなかったが、奥の席に一人、先客がいた。

「お一人様どうぞー！」

彼女もまた四人掛けの席に一人で座らされる。エプロン姿の中年女性より水の入ったコップが運ばれてきた。人間であると誤解されている可能性が高いが、彼女はそのまま続けた。この料理店は彼女にとって「調査対象」だからだ。

ゆえに、あたかも通常の客のように振る舞う。メニューを開き、一覧の記録を取得。実験としてまず「A定食」を注文した。値段を見るかぎり、すべての料理を注文するだけの資金は手元にある。むろん、食べるわけではない。

「A定食入りまーす！」

注文から料理が運ばれてくるまでの時間は、人間であろうとなかろうと暇なものだ。店内構造についてはL・iDARによって3Dモデルは取れている。運ばれてきた水は専用機器がないためこの場で成分分析はできない。

よって、背後の客を観察することにした。背面カメラによって振り向くことなく事細かに様子を観察できる。

テーブルの上には一人で食べるには多すぎる量の料理が並んでいた。餃子《ギョーザ》、炒飯《チャーハン》、青椒肉絲《チンジヤオロースー》、フカヒレスープ、麻婆豆腐《マーボーどうふ》、担々麵《タンタンめん》、エビチリ――彼が特別大食いなのではない。彼の箸《はし》は進んでいなかった。伏せた顔から覗《のぞ》く表情は重苦しい。

「A定食お持ちしましたー！」

料理が届くまで七分。男は一口二口ほど料理を口に運ぶだけだった。

A定食として運ばれてきたのは、天津飯《てんしん》である。これに酢豚や鶏《とり》のから揚げ、サラダにスープがつく。一般的な「一人前」の分量であるが、彼女の「胃袋」に収まる量ではない。それぞれ一口ずつサンプルを採る。

「A定食のお客さまー！」

続けて、餃子が運ばれる。一皿に七つ、パリパリの片栗粉で貼りついている。

「はいどうぞー！」

続けて油淋鶏《ユーリンチー》。皮がパリパリに揚げられ生姜《しょうが》とネギの香味だれがかかっている。

「ゆっくりしていってくださいねー！」

八宝菜。白菜、人参《にんじん》、玉葱《たまねぎ》、エビ、キクラゲ、豚肉をあわせて炒められている。

「お持ちしましたー！」

中華丼。先の八宝菜が炊かれた白米の上に載せられている。

「これらはすべてA定食に含まれるメニューなのですか？」

「ふふ、サービスですよ。内緒ですからね」

と、エプロン姿の中年女性はウインクをする。料理は次々と運ばれ、あっという間にテーブルを埋め尽くした。

生身の人間でも一人で食べられる量ではないはずだ。健啖家《けんたんか》であれば平らげることは可能かもしれない。しかし。

「どうぞ。追加です」

背後の客がフカヒレスープを完食した。空いた皿を下げるとすぐに別の料理、春巻きが運ばれてきた。察するに、追加料理に終わりはない。

「どうしたんですか？　食べないんですか？」

中年女性は顔を覗き込むように問いかける。

笑顔のまま、声と表情に微細な揺らぎが計測された。

「もう食べられません。少食なもので」

「いえいえ！　遠慮なさらず！　美味《おい》しいですよ」

「なぜですか？」

「え？」

「なぜこれほど大量の料理を？」

「ふふ。お客さんにお腹いっぱいになって欲しいだけですよ」

と、足早に立ち去る。疑問は尽きない。まだ尋ねることはあった。しかし、背後の男に動きがあった。下手な刺激《アクション》で状況を変化させるよりは、正常動作している被験者《サンプル》の観察の方が理解に繋《つな》がると考えた。

「う、うぐっ……もう、食え……」

「はいどうぞ！　まだあるからねー」

嗚咽《おえつ》を漏らし苦しむ男に、笑顔で料理が運ばれ続ける。

「こ……こんな……」

「どうしたんですか？　食べないんですか？」

一方的な「善意」に満ちた表情で詰めかける。ニコニコと屈託のない笑顔を向ける。男は眉間《みけん》に皺《しわ》を寄せ、脂汗を流し、明らかに「苦痛」の表情を浮かべている。この状況は高度なＡＩによって「異常」であると判断された。

「おうおう、いくらでも食べてくれよ。お客さんの幸せが俺たちの幸せだからな」

厨房の店主からも声がかけられる。

男は食事行為に明らかな拒絶反応を見せつつも、手を止めない。男を強制する要素は発見できない。このまま胃袋が破裂するまで食べ続けるつもりなのだろうか。「死んでも食べたい」というほどに美味なのかもしれない。その結末は見届けなければならない。

同時に、彼女はその次に試行すべきアプローチをシミュレーション上で検討していた。質問を重ね、なぜ「異常」を認識していないのかを詰める。暴力的アプローチとして、料理をすべて床にぶちまける。黙って店を出て行く。食べ終わってもいないのに追加注文をする。あるいは、対象が「夫婦」らしい特性を利用して——

「こんなに食えるわけねえだろ！」

一喝。男が、叫んだ。

夫婦は呆気《あっけ》にとられたように沈黙し、そして。

料理店のテクスチャが剝《は》がれていく。照明が落ち、暗がりになる。タイルの床はコンクリートが剝き出しになってひび割れ、張り紙も壁紙も破れるように失《う》せる。やがて、廃ビルの一角という本来の姿が現れていく。椅子もテーブルも朽ちて崩れ、料理は残らず腐り果てる。夫婦もまた、コンクリートの滲《にじ》みに溶けるように消えていった。

「げ、げぇ、ぐぇぇうぉええ……！」

男は食道に指を突っ込んで先ほどまで食べていた料理を無理矢理に吐き散らしていた。それは正常な吐瀉《としゃ》物ではなく、黴《かび》が生え、緑色に変色し、腐っていた。強烈な腐敗臭が漂う。

「はぁ、はぁ……うぉぇっぷ。うぇぇ……。よう、危なかったな。あんたも吐いた方がいいぜ。手伝おうか？」

袖《そで》で顎《あご》の吐瀉物を拭《ぬぐ》いながら、男が話しかけてくる。

彼女は振り返り、応じる。

「いえ。私は問題ありません」

アリサは男の顔を背面カメラで確認していた。だが、アリサが男に顔を見せたのはこのときが初めてだった。そのとき、男は強い「驚き」の表情を見せていた。

「ん？　あ？　あんた……白川有紗《ありさ》か？」

怪異検出ＡＩは二二パーセントの数値を示した。「ほとんど人間」である。

## 2

「アンドロイド……？　マジで？」

男は桶狭間《おけはざま》信長《のぶなが》を名乗った。身長一六八センチ。推定体重五〇キロ。年齢は推定三十代。髪型は黒でショート。伸びっぱなしの無精鬚《ひげ》が見られる。服装は紺の作務衣《さむえ》。足元も足袋《たび》に草履であり、和装に統一されている。ただ、ウエストポーチだけが不釣り合いにナイロン生地である。

「まあ、たしかに……白川有紗がこんなところにいるはずはないか……」

椅子もテーブルもなくなったので、桶狭間信長はカウンターの上に胡座《あぐら》をかいて話を続けた。

「しかしアンドロイド？　ロボットってことか？」

「こちらをご覧ください」

アリサは後ろを向き、桶狭間信長に背を向けバシュン、と排熱機構を露出した。

「うぉ、おお……すげえな。マジでメカなのか。……もう少し近くで見ていいか？」

背を、手を、顔を、桶狭間信長はまじまじと観察し、うんうんと頷《うなず》く。

「たしかに、よく見たら肌とか作り物っぽいな……中に人がいるわけでもない……世情に疎い自覚はあったが、いつの間にこんな……」

「私からも質問をよろしいですか」

「ん。ああ、あんたがロボだってのはわかったよ」

「桶狭間信長さんは、白川有紗をご存じなのですか」

ぶっ、と、桶狭間信長は噴き出した。そして堪《こら》えきれなかったというように笑いが漏れ出す。少し咽《む》せたあと、ポーチからペットボトル入りのミネラルウォーターを取り出し、ガラガラとうがいして床に吐き捨てた。

「いや、ああ、すまん。白川有紗のことは知ってる。あいつも、霊能者だったからな」

一度に疑問が多数増大した。優先順位を整理し、一つずつ疑問を解消する。

「霊能者？」

「ああ。あんたがロボなら俺は霊能者だ。胡散臭《うさん》さではどっちが上かな。ＤＳＭ－５とやらで診断してみるか？」

ニヤニヤと笑みを浮かべている。その表情には「敵意」ないし「冷笑」が読み取れる。彼の背後で、かさかさとなにかが蠢《うごめ》く。

「なあ、あんた。俺が霊能者と聞いて、どう思った？」

覗き込むような視線で彼は尋ねる。

「詳細を伺いたいと思いました」

「いや～……そういうことじゃなくてな。いや、そういうことなのか？」

彼は「困った」ように首を傾げ、「うーん」と側頭部をカリカリと指で掻《か》いた。

「まあ、なんだ。霊能者なんて聞けば、どいつもこいつも『胡散臭いな』とか『大丈夫か？』って表情を見せるからな。だが、あんたにはそれがない。ロボならそりゃ当然か」

「はい。私の表情は私の感情とは無関係に独立して制御可能です」

「感情？　感情はあるのか？」

「判断に関わる内部パラメータをそのように表現することはできます」

「ふーん」

目を泳がせて、なにかを「考えて」いる。言葉を探している様子だ。黒い影は物陰から物陰へ移動を続けている。

「あんた、ここにはなにしに来た？　見えてるのか？　……白川の姿をしたあんたがここに現れたってのは、偶然とは思えねえな」

「偶然ではありません。私には怪異検出ＡＩが搭載されています」

「んあ？　怪異検出？　あー、とりあえず確認だが、あんたが白川有紗の姿をしてるってことは、つまり彼女をモデルにしたってことだよな？」

「はい。私が白川有紗の姿をしているのは、彼女を知る人物と接触しやすくする目的があります。そして、その目的は桶狭間信長さんとの出会いで達成されました」

「ぶほっ」

桶狭間信長は再び噴き出す。そして笑い出す。この挙動はなんらかの諧謔《かいぎゃく》を検出した反応である可能性が高い。

「なにかおかしいですか」

「い、いや……すまん。突っ込んでくれないのは、乗ってくれてるからなのか？　それとも、ロボってのはそのへん鈍いのか？」

「なんのことでしょう」

「後者か。なんか申し訳なくなってきたな。秒で思いついたクソみたいな偽名だよ。まあ、本名を名乗るつもりはないからそれで通すんだが。桶狭間……信長って。ぷくくっ……いや、せめてフルネームで呼ぶのはやめてくれ。頼む」

「偽名である可能性は当然気づいていました一五六〇年の歴史上の事件とその勝利者の名を組み合わせた姓名には諧謔があり少なくとも奇妙な名前と認識されるもので桶狭間という姓は極めて希少であることから必然的に本名である確率は低くしかし命名とは無作為に行われるものではなく桶狭間という姓から信長という名をつける発想は十分に考えられとはいえその発想をまさに本人が咄嗟《とっさ》に思いついた可能性を指摘すべきではありましたが他に疑問点も多く名前というラベリ

ングが済めば利便性において問題なかったため優先度を下げ触れずにいただけです」

「お、おう。さすがアンドロイドは賢いな」

「では桶狭間さん」

「OK、それでいいよ。で、なんの話だっけ」

「白川有紗についてお聞かせ願えますか」

「それはいいが……あんたと、白川有紗の関係はなんだ?」

「私の設計者は白川有栖教授——白川有紗の姉です」

「なるほどな。それであいつを捜してると」

うーん、と桶狭間は顎鬚をじょりじょりと撫《な》でる。黒い影は桶狭間の足元まで迫ろうとしていた。

「やめときな。あいつはもう死んでる」

「根拠をお聞かせください」

「……あいつは霊能者として俺に師事して、人々を守るために働きたいと意気込んでた。それで連絡が取れなくなったんだ。末路はだいたい察せる」

「現場や死体を目撃したわけではないのですか」

「まあ、そうだな」

「それでは、霊能者についてお聞かせください」

「あ? ああ……白川有紗のことはもういいのか?」

「死亡しているとのことでしたので」

「そうか。なぜ知りたい? あんたには関係のないことだ。ここからも早く出た方がいい」

「いいえ。私は怪異調査を目的としたアンドロイドです。調査は続行します」

「あー……。なるほどな。はあ。だよな。俺の仕事を増やす手合いか。つまりは『学者』だ。そういうやつにはなにをいっても通じないんだが……一応、白川姉にも伝えてくれ。

賢いあんたらは、だいたいこんなふうに考えているはずだ。

金縛りは睡眠麻痺《まひ》。狐憑《つ》きは脳炎。河童《かっぱ》は水難。幽霊は幻覚や見間違い。心霊写真と呼ばれるものも単なるレンズフレアであったり合成だったり。地震も雷も、かつては怪異とされたはずだ。現代において、怪異と呼ばれた多くは合理的に説明できる。手品と同じだ。物理学者に手品のタネを見破ることはできないが、条件を指定して何度も対照実験を繰り返せばいつかは明らかになる。

そういうふうに考えているなら、この件からは手を引け。調査だの研究だの、そんなものはやつらにはなんの意味も持たない」

「では、怪異とはどういうものなのですか?」

「知るか! それがわかりゃ苦労はしねえ。学者は決まって、その『わからない』に挑むのが科学だって意気込むがな。たとえ科学が怪異を解明することが可能だとしても、人間には無理だ」

「なぜですか?」

「人間の認知能力には限界があるからだ」

桶狭間の背後で、それは影から這《は》い出るように蠢いている。

「霊感、ってやつがあるよな。実をいうと、ほとんどすべての人間は一種の霊感を持っている。それは『違和感』と呼ばれるものだ。理由は説明できないが、なにかおかしいと感じる。その多くは追究していけば説明がつく。『だからおかしかったんだ』と納得できる。そのうちで、決して説明のつかない『違和』がある。人間が触れてはならない領域だ」

「怪異検出AIの原理と一致する説明です」

「ほう。つまりあんたは霊感を持ったロボってか？」

「その表現でおおむね問題ありません」

「……となると、まずいな。まずいかもしれん……」

桶狭間は口の中で独り言のように呟《つぶや》いた。

「とにかくだ。人間には違和感＝霊感がある。だが不完全だ。だから精神疾患と区別がつかない。『霊感がある』『霊能者だ』なんて主張しても詐欺師か変人か、どっちかの扱いだ。それがあんたらの限界だ」

「ですが、怪異は現に存在します」

「そうだ。じゃあ、なぜだ？　なぜ明らかになっていない？　なぜ証拠が見つかっていない？」

「わかりません。調査中です」

「だろうな。だからもう、やめておけ」

それは、カウンターに置かれ桶狭間の体重を支える左手に触れようとしている。

「俺から見れば、あんたは呪いまみれだ。今日みたいな調査とやらを何度も繰り返してきたんだろ。そのせいで汚濁のようにこびりついてる。あんたは無事でも、あんたの持ち主はどうかな？」

「自己診断システムで異常は発見されません」

「そのシステムとやらも当てにならねえぞ。だからこれだ」

桶狭間は懐から神札を取り出す。〈悪霊退散〉の文字にデータベースにない朱印。オリジナルデザインの手作りであることが察せられた。

「一〇万でいい。安いもんだろ？」

と、「誇らしげ」に右手でひらひらさせる一方、左手にそれが触れた。

「うおっ⁉」

桶狭間は慌てて払いのける。ゴキブリだ。

「あーくそ。これで元料理店かよ。いや元料理店だからか？」

勢い余って神札も床に落ち、桶狭間が吐き捨てた水溜《みずた》まりに着水していた。

「一〇万円ですか？」

「……いや、もういい。それはもうただのゴミだ」

と、桶狭間はカウンターから跳び降りる。

「さて。あんたはもう帰りな。ここにもう用はないだろ」

「いえ。上階を調査します。このビル全体から怪異が検出されていますので」

「けっ。めんどくせえやつだな。しょうがねえ。ここでぶっ壊しておくか」

3

「ギブ！　ギブギブ！」

桶狭間は鉄パイプを手に襲いかかってきたが、予備動作が七秒前から検知可能であったため臨戦モードを起動する時間は十分にあった。手首を掴《つか》みそのまま背後へ、腕の可動域を奪う形で制圧。現在に至る。

「ロボのくせに人間痛めつけていいのかよ⁉」

「研究室の責任になるので人間にはみだりに危害を加えぬよう厳命されています。ただし、正当防衛はそのかぎりではありません。修復にも費用が嵩《かさ》みますので」

「いいのか⁉　法律的にはどうなんだ⁉」

「示談で済ませましょう」

と、解放する。

「なぜ私を破壊しようとしたのですか？」

桶狭間は右手首を振りながら腰を低くし、睨《にら》みつけるような視線をアリサに向けていた。

「……仕事の邪魔だからだよ」

彼は壁に背を預け、呼吸を整えて続ける。

「いや、あんたらのためを思って――と、言ってもいい。これ以上関わるな。あいつらに対して、勇気を持つな」

「私はアンドロイドです。よって、勇気もありません」

「ああ、そうかよ」

「人間には無理だ、とも桶狭間さんはおっしゃりました。しかし、私はアンドロイドです」

「そうかもしれんが、あんたをつくったやつはいるだろ」

「はい。私は白川研究室によって開発されました」

「そいつらが無事じゃすまねえ、つってんだよ！」

桶狭間は姿勢を低くし、腰部へ向けて勢いよく突進《タックル》してきた。だが、問題はない。

「なっ……！」

「私の重量は一三〇キロです」

桶狭間の発揮する運動エネルギーでは姿勢制御を損なうことはないと計算できたからだ。

「私の機体が呪われている、という話と関連することでしょうか」

桶狭間は十秒ほど力を込め続けアリサを倒そうとしたが、微動だにしないことから観念して、ついに離れた。

「……そうだ。あんたは、それを感じられないようだがな」

「私の怪異検出ＡＩは視覚に大きく依存します。私自身をカメラで捉《とら》えることで検出できるかもしれません」

ガチャリ、と首のロックを外す。そのまま両手で持ち上げることで頭部は簡単に取り外すことができる。

「うおっ！　取れるのかよ。なんか昔のアニメで見た気がする光景だな……」

「私の頭部をお持ちいただけますか」

と、両手で持った頭部を桶狭間に差し出す。

「おっも！　待て待て、重すぎる」

「一二キロあります」

「くそ。ボウリングの球より重いじゃねえか。これを持てって？」

「はい。カメラを私の胴体に向けてください」

「……馬鹿だろ、あんた」

「私は馬鹿ではありません。これは合理的な方法です」

「さっきまで俺がなにしようとしてたのか、もう忘れたのかよ！」

そう言い、桶狭間はアリサ（頭部）を抱え、アリサ（胴体）に背を向けて走り出した。目指す先は階段である。

「なんのつもりですか」

「ひぃ、ひぃ。重すぎんだろ。くそ」

ちらり、と桶狭間は背後を確認する。アリサ（胴体）が気になるらしい。

CPUをはじめとした中枢制御ユニットは主に頭部に搭載されている。頭部と切り離した状態でも近距離無線通信の届く範囲（半径約六キロメートル）であれば胴体は遠隔操作が可能だ。ただし、頭部を外した状態での運用は想定されていない。重心の変化に伴う再計算を行う必要がある。また、胴体にはカメラがない。よって、頭部のセンサーで観測したデータをもとにあらかじめマップを作成し、三人称的に操作することになる。

時間的余裕は十分にあった。桶狭間は一二キロの頭部を抱えて階段を上るのに苦労していたからだ。

「なぜ階段を上っているのですか？」

「はぁ、はぁ……わかんねえのか？　本当にポンコツなんだな。こんな重いもん、上から落とせば壊せるだろ」

「私はポンコツではありません。正確な意図を確認しただけです」

「そうかよ。だが、胴体は追って来られるのか？」

再計算が完了した。胴体に視覚・聴覚センサーはないが、逆に言えばそれだけだ。胴体の各部位には加速度センサー、角速度センサー、圧電《ピエゾ》センサーなど各種センサーが搭載されており、頭部重量が減ったぶん動力学的に姿勢制御は易しい。桶狭間の速度と距離からあえてリスクを冒して「走る」必要はないと判断。時速四キロで「歩いて」頭部を抱える桶狭間を追う。

「げ。首なしで歩けんのかよ。まるっきりデュラハンじゃねえか」

「アンドロイドです」

「わかってるよ！」

息を切らし、桶狭間は二階へと到達した。「疲れた」のか、壁に体重を預けて休んでいる。

「私を落とすのではないのですか？」

「……なあ、あんた。二階から落としたくらいで壊れるか？」

「損傷はします」

「くそ！　ダメっぽいな。もっと上か？　……それどころじゃねえか」

一階が「廃ビル」と化したのに対し、二階は生活感のある事務所が広がっていた。アルミ製のデスクが並び、机上にはノートPCや各種書類。棚には年代別に並べられているらしいファイル。壁にはカレンダーや時計がかけられ、隅には観葉植物が置かれている。

「ごめんなさいすみません申し訳ありません許してくださいすみません申し訳ございません」

そして、部屋の片隅にあるロッカーに向かって頭を下げ、平謝りを続ける男がいた。グレーのスーツを着ているのはわかるが、背を向けているため顔は見えない。桶狭間は男を無視し、窓の方向へ目をやった。

「内装から見て、法律事務所か」

抱えられている状態であるため視野が自由に利かない。背面カメラも桶狭間の胴体でほとんど塞《ふさ》がれている。とはいえ、もともと視野角の広いレンズを使用している。画像処理によって視界の端でも識別は可能だ。

結果、〈相嶋《あいじま》法律事務所〉と鏡文字で窓に書かれているのが見えた。棚に並ぶハードカバーの書物も法律書や判例集である。

そうしているうちに、胴体が無事二階まで辿《たど》り着いた。

「うおっ!?」

人工筋肉《SMAアクチユエータ》の静粛性の高さゆえ、すぐ隣に立っていたことに桶狭間は気づいていなかったらしい。

「私の胴体を観察していますが、怪異は検出されません。最大で七パーセントです」

「そうか。あんたの目も存外節穴なのか?」

もとより、研究室でのメンテナンス時など胴体を観察する機会はあった。しかし、これまで怪異が検出されたことはない。怪異検出AIの精度も完全ではないが、この場合は桶狭間が嘘をついている可能性もある。

「本当に私の機体は呪いに侵されているのですか?」

「あー、悪いがそれどころじゃない」

桶狭間はちらりと平謝りを続ける男を見た。未《いま》だロッカーに向かい、訪問者に対する反応は見られない。

「申し訳ございませんお詫《わ》びしますすみません許してくださいすみません申し訳ありません」

ロッカーになにかがある、と考えるのが自然な推論だ。しかし桶狭間はそれを無視してデスクへ向かった。アリサ(頭部)をデスクに置き、散らばる書類、雑誌、新聞記事、手毬《てまり》を眺める。

「……あいつは、なにを謝ってる?」

「謝罪の理由が重要なのですか?」

独り言のようだったが、会話に割り込む。

「今さらだが、その状態で話されると不気味だな……」

「謝罪の理由を知りたいのであれば、謝罪の対象を探るのが最も合理的かと思います」

「っせーな。わかってるよ」

桶狭間はロッカーに視線を向ける。

「さて」

桶狭間は深呼吸をして、動き始めた。その間、アリサはデスク上に散らばる書類を精査することにした。いずれも重要な資料である。

平謝りする男を背に、桶狭間はロッカーに手をかける。だが、動かない。筋肉の伸縮から見て、力を込めていない。「躊躇《ちゅうちょ》」しているかの素振りである。一筋の冷や汗が流れるのが見えた。

意を決したように、開く。鍵はかかっていなかった。ロッカーはなんの抵抗もなく、錆びた金属音を響かせながらその口を開いた。

「………？」

なにもない、空のロッカーのようだった。衣服も掃除用具もそこにはない。

しかし、それは桶狭間の視線の高さゆえだ。彼はゆっくりと視線を下ろす。

白い骨――動物の骨のように見えた。隣には一本の菊が添えられている。桶狭間は屈《かが》み込んで、くわしく観察する。頭蓋骨《ずがいこつ》の形状。サイズ。未発達な顎。

それは、赤子の白骨死体だった。

「すみません申し訳ありませんお詫び申し上げますごめんなさい許してください」

グレースーツの男がその背後で土下座をしていた。地面に額を擦《こす》りつけるよう、深々と。

「くっ……！」

桶狭間は歯を食いしばりながら、膝《ひざ》をついた。

「桶狭間さん、どうかしましたか？」

「いや……すまない……俺は、まだ……待ってくれ、すまない……うぅ……」

桶狭間の表情に「悲痛」が読み取れる。平謝りの男を無視することをやめたらしい。ともあれ、カメラと駆動系が切り離された状態は不便だ。胴体で頭部を回収し、再び接合する。

直後。

「ごめんなさいすみません申し訳ありません許して許して許して」

「謝りゃいいってもんじゃねえだろ!」

桶狭間は男の頭を摑み、地面に叩《たた》きつけた。

そして、事務所のテクスチャが剝がれる。照明が消え、デスクは倒れ、紙は朽ち、観葉植物は枯れる。窓ガラスは残らず割れて、冷たい風が吹き込んできた。

「……なあ、あんた。俺がなにをされていたのかわかったか?」

桶狭間は片膝をつき、顔を伏せながら問いかける。

「一階の料理店でも平気そうだったよな。わかっててただ見てたのかもしれんが。なんにせよ、あんたにはやつらの干渉が効いてない」

「干渉、とは?」

「そう聞き返すってことはマジか。ロボだもんな。なるほど。そりゃ便利だ」

そして、ゆっくりと起き上がる。

「料理を食べ続けていたのは桶狭間さんの意思ではなかったということですか?」

「そうに決まってんだろ。あんなクソまずいもん食ってられるかよ」

「先ほどはなにが起きたのですか?」

「あんたが首を装着した瞬間、隙ができた。それで祓《はら》うことができた。だいぶ力業だがな」

「まだ調査の途中だったのですが」

「知るか！　しかしあれだ。正確なとこはわからんが……最初、首のないあんたはただの風景だった。が、首を装着した途端『人』になった。おそらく、それで混乱したんだ」

「怪異にもそのような認知能力があるのですか？」

「さあな。挙動だけ見ればそういうふうに考えられるってことだ」

「では、再現性を確認しましょう」

アリサは頭上を指さす。

「三階と四階にも同様に怪異が存在するのではないですか」

「まあ、……そうだな」

どこか「気の重い」様子で、桶狭間は応《こた》える。

「人間には無理だ。だが、ロボなら？」

桶狭間は口の中で、そんな言葉を転がしていた。

「……無理だな」

4

三階、そして四階へと足を運び、桶狭間は大きく肩を落とした。

そこは、なんの変哲もない「廃ビル」だった。コンクリートが剝き出しで、廃材一つ残されていない、埃《ほこり》の薄く積もった開けた空間だった。

「……これだよ」

桶狭間は、はぁぁ、と深いため息をつく。

「ああ、こういうパターンだな。と思ったらこれだ。外から見たときは三階にも四階にもそれらしい気配があったよな？　なあ？」

「はい。ですが、今は一切の怪異を検出できません」

「逃げたのか？　恐れをなして逃げたのか？」

「不明です」

「なんで残骸《ざんがい》すらねえ⁉　かけらも気配が残ってねえのはどういうことだ！」

桶狭間は「憤慨」している。怒鳴り散らし、地団駄を踏んだ。

「再現性、ってやつを確認しようとしたらこうなる。だから誰にも信じてもらえない」

「でしたら、それが再現性なのではないですか？」

「あん？」

「怪異には再現性を避ける傾向があるのではないか、ということです」

「は！　連中がグループDMで『再現性とられそうだから逃げろ』ってか？」

「可能性はあります」

「うーん」

桶狭間は側頭部をカリカリと掻いた。

「まあ、少なくともそういうのじゃねえってのはわかる。やつらを理解しようとするな。さっきのクソみたいな仮説は忘れろ」

「どういう意味ですか」

「恐怖を持たないあんたにはわからん話さ。帰って開発者《ママ》に聞きな」

「私を破壊するつもりはもうないということですか？」

「けっ。屋上行こうか。隙を見て蹴落《けお》としてやる」

そして、彼らは屋上まで辿り着く。

「終わりか。……なんというか、拍子抜けだな。一日でぜんぶ祓えた」

と、桶狭間は屋上のベンチに腰を下ろした。他、変電設備や空調室外機が設置されているが、いずれも錆びており動作している様子はない。床を覆う防水シートもひび割れや接合部が剝がれるなど著しく劣化しており、やはり「廃ビル」と呼ぶべき様相だった。

ただし、一つの自動販売機を除いて。

「今回は、まあ、たまたまだ。だが、こうも手応えがないと逆に不安になるな。なにか、重大な見落としがあるんじゃないか……」

ふぅ、と桶狭間は息を漏らした。

「勘違いしてもらったら困るんだが、今回はたまたまだ。いつもこうじゃない。なぜか上手《うま》くいった。不気味なくらいにな」

「怪異が弱かった、ということでしょうか」

「結果だけ見ればそういうことになるが……そうだな、祓えたと考えていいだろう。これまでに俺が祓った怪異は八件。今回を含めるなら九件だ。対し、敗走は二七件。この敗走というのも、積極的に挑むようになってからの数字だ。命懸けなんだよ」

「なぜ、このようなことを？」

「あん？」

「あなたは『仕事』と仰《おつしや》いました。どなたから依頼があったのですか？」

「いや。そういう場合もなくはないが、今回はたまたま目についたからだ。今日は偵察で済ませるつもりだった。それがいつの間にかぜんぶ祓えちまった」

「たまたま目についたというだけで、命を懸けて挑むのですか？」

「ああ、そうだ。俺はそうせざるを得ないんだ。生まれたときから見えていた俺は、ずっと他人とは違う世界にいた。誰かが原因不明の事故に遭うとき、俺にだけ原因《それ》が見えていた。周りが間違ってるのか、俺だけが間違ってるのか。だから、やつらをすべて消し去るまでこの世界に俺の居場所はないんだよ」

「それは困ります。私の調査対象がなくなってしまいます」

「けっ。心配すんな。そんなのは夢物語だ。月に手を伸ばすようなもんだ。それでも、そうせざるを得ないんだよ。まあつまりは、壊れてるんだよ。俺は、もう……」

「それは大変な思いをされているようですね」

「……んお？　おいおい。おいおいおいおい。すげえな。俺を憐《あわ》れんでくれんのか。ロボなのにすげえな。だがまあ、間違っても、俺を助けようなんてのは思わないでくれ」

「どういうことでしょう」

「あいつらに対して、勇気を持つな」

　桶狭間は鋭い眼差《まなざ》しで、そういった。先にも聞いた言葉である。静かな夕暮れ、ぶぅぅん……と自動販売機の稼働音だけが鳴り響く。

「悪霊、怨霊《おんりょう》、殺人鬼——得体のしれない、正体不明のおそるべき敵に対して、なけなしの勇気を振り絞って立ち向かい、最後にかろうじて勝利を掴む。物語《フイクシヨン》ではありふれたハッピーエンドだ。現実でもそういうことはあるかもな。だが、あいつらに対してそれはない。恐怖があるなら、それが正しい。くれぐれも、勇気を持つことだけはやめてくれ」

「なぜですか？」

「これもあんたにはわからん。開発者《ママ》に伝えろ。この世に生きているかぎり、安全圏なんてないってな」

現地協力者ないし部外者の命令は最下位に近いプライオリティにある。「怪異調査をやめろ」といった命令は当然ながら却下される。ただし、桶狭間は貴重なサンプルだ。白川教授の命令である「白川有紗の捜索」という目的とも関連性が高い。彼の話によれば「死亡している」とのことだが、確定ではない。彼との関係は維持する必要がある。

「このビルの怪異について、桶狭間さんはどのように解釈しますか？」

「あん？　まあ、意味ありげではあったな。腐った料理を死ぬほど食わせる店。なにか不祥事があったらしい事務所。三階と四階はわからんが……。どうでもいいな。もうここは祓えたんだ」

「では、その背後の自動販売機についてはどうお考えですか」

「なに？」

桶狭間は今になって気づいたように、自動販売機を目にして頭を抱えた。

「……あーくそ。俺としたことが」

「なにか飲みますか」

「おい待て！　こいつがやべえのはあんたもわかんだろ！　おい！　小銭を取り出すな！」

制止を振り切り、百円玉を投入する。はずが、入らない。コイン投入口が溶接されていたからである。

「使用不能にされてやがる。なんだこいつは……」

にもかかわらず、稼働し続けている。コンプレッサー音を鳴らし、白色照明が商品の陳列を示している。背後に回って確認すると、電源がどこにも繋がっていないことがわかった。

　商品の並びに不自然な点はない。ジュースやコーヒー、お茶やミネラルウォーターが並んでいる。メーカー名にも覚えがある。ただし、非電源で稼働を続け、投入口が塞がれている点に「異常」がある。

「……訂正だ。ついさっき九件目の成功例に数えたが、これは二八件目の敗走だ」

「祓えないのですか？」

「ああ。俺はそいつのことがなにもわからない」

「では、下階の怪異は理解の範疇《はんちゅう》だったと？」

「対処はできた。さっきの質問にはあえて答えなかったが、ぼんやりと世界観は掴めてはいた。だから祓えた。だが……自販機《こいつ》は、なにもわからん。まあ、投入口が塞がれてるなら無力化はされてるはずだ。下手に手を出すべきじゃない」

「そうですか」

　ガン！　と思い切り自動販売機に蹴りを入れる。

「なにしてんの⁉」

「頑丈ですね。私の蹴りは約二トンの衝撃力を持ちます。通常の自動販売機では少なくとも故障は免れないはずです」

「手を出すなっつったよな」

「足です（本当は慣用句を理解しているが融通の利かないアンドロイドを演じるという高度なジョーク）」

「クソ屁理屈《へりくつ》ロボめ」

破壊不能。投入口を開く道具も持ち合わせにない。問い合わせ先と管理番号は記録しておく。現状では打つ手がない。よって、次のタスクに着手する。

「提案なのですが、今後は桶狭間さんの活動に私も協力させていただけないでしょうか」

「は？　なに？　協力？」

「怪異退治に関するデータ収集にも有用性があると判断しました。今後、同様に怪異退治の案件があるのであれば同行したいという提案です。今回の件でも私の存在は有用であったはずです」

「厭《いや》に決まってんだろ。あんたみたいなめちゃくちゃなやつ」

これまでの言動が彼の心証を損ねていたらしい。プライオリティを順番通りに処理した結果だ。白川教授の命令は最上位にあるが、関連度や緊急性などの係数を掛け合わせ「桶狭間信長に忖度《そんたく》する」ことは「怪異調査」の下位となった。決して「彼との関係維持」との因果関係を想定《シミュレーション》できなかったためではない（高度なＡＩにそのようなミスはありえないため）。

「では、白川有紗と協力関係を築かなかった理由はなんですか」

ゆえに、このような高度な類推に基づく質問も可能である。

「……それを聞くか」

桶狭間は顎を撫で、「考える」素振りを見せた。

「まあ、単にそりが合わなかっただけだ。それだけだ」

「亡くなった、と仰っていましたが行方に心当たりはあるのですか？」

「ねえよ。あいつとはさほど話しちゃいない。まあ、お姉さんのことは心配してたぜ。巻き込んでしまったことを後悔してた。それだけだ。これでいいか？」

「はい。それでは、今後のために連絡先を交換しましょう」

「なんで今後があると思ってんだよ」

「協力関係を築くことには互いに利益があります」

「俺にはねえよ。お別れだ。まあ、最後にあんたに纏《まと》わりついてる呪いは祓ってやるよ」

桶狭間は懐より幣《ぬさ》を取り出し、しゃんしゃんとアリサを払った。

「これはなんですか？」

「んー……。ふつうだったら『肩が軽くなった』とかあるんだけどな」

「自己診断システムで有意な変化は発見されません」

「なら、もっかい見てみな」

アリサは鞄《かばん》からドローンを取り出す。桶狭間の提案通りそのカメラを通して自身を観察することにした。

「……そんな便利なもんあったのかよ」

と、桶狭間は呆《あき》れ顔を見せる。

「いやいや。それあるならなんで首外した？　やっぱ馬鹿なのか？」

「私は馬鹿ではありません。屋内だったためドローンの使用を控えただけです」

「へえ。そうか。まあいいや。じゃあな！」

と、その準備中に桶狭間は駆け出し、屋上の縁へ向かった。そして錆びついた避難梯子《ばしご》を素早く降りていく。アリサはタスクを中断して彼を追ったが、老朽化した梯子はアリサの重量に軋みを上げた。桶狭間が下でなにかを喚《わめ》いていた。

不安定な梯子の降下作業は想定以上の困難を伴い、路地裏まで降り立つころには桶狭間の姿を見失っていた。「霊能者」を名乗る彼の性質には検証すべき項目が多く残されていた。彼を取り逃がしたのはアリサにとって大きな失態だった。

念のためドローンによる全身検査も行ったが、特に変化は発見できない。怪異検出ＡＩを見直すべきか、彼の虚言だったのか。本当に自身が呪われていたのなら、これもまた貴重なサンプルの喪失である。この結果は桶狭間のいうところの「敗走」といえるだろう。

ここまでの稼働時間は四時間。バッテリー残量は少ない。

アリサは、タクシーで帰ることにした。

## 対怪異アンドロイド開発研究室④

「なぜ人型《ヒューマノイド》ロボットをつくるのか？」

白川教授は語りはじめる。それは研究室内に向けられた特別講義だ。というより、ブリーフィングに近い。

「人型、あるいは二足歩行ロボットはその技術難度に対し、社会の要求する役割が曖昧《あいまい》だ。そのなかで、あえて人型である意味は？

この社会のインフラが人間向けにつくられている以上、そこに適応するには人型であるのが合理的だ――というのが、よくある答えだ。だが、これに対し巨大な反例があることを我々はすでに知っている」

講義には新島ゆかりも参加している。晴れて四月より正式に研究室所属となった。

「自動車だ」

それを聞くだけで、察しのいいものは話の趣旨を理解していた。

「自動車はインフラに合わせてつくられたものじゃない。自動車に合わせてインフラがつくられた。自動車が走りやすいように地面をアスファルトで舗装し、道路を動脈のように整備したんだ。必要なら人間はそこまでする。つまり、人型の意味はほとんどない。構成論的研究や、特殊な場合を除いてはな」

その話を聞きながら、新島は家庭用掃除ロボットを連想していた。円形の平らなモデルだ。子供のころ、ペットをねだるように親にせがんで買ってもらい、「でも床に物が散らばっていたら意味がないんじゃないの」といわれた。実際に導入してみると、掃除ロボットのために人間が物を片付けはじめた。小規模ながらもそういう話だろうと新島は理解した。

また、今現在も研究室で働くアミヤ・ロボティクスのお片付けロボットも四脚でアーム一本の構成だ。散らかった部屋、すなわち人間の生活空間で活動するロボットだが、それで困ることはない。

「アポロ計画で証明されたように、人間は月へ行くことができる。月へ行くだけの技術力がある。だが、アポロ計画以降はアルテミス計画まで五〇年以上も待つことになった。なぜか？　月へ行く意味がないからだ。一度でも月へ辿り着いたという実績こそ大きいが、定期的に月へ行くには採算が取れない。

アンドロイドもそういう存在だ。ＳＦで描かれ続けてきたように憧《あこが》れの対象ではある。だが、それだけだ。実用的・経済的価値はさほどない。一度『完成』さえしてしまえば――しかし、アンドロイドにはアポロ計画のように『月へ到達する』というような明確な『完成』の定義がない。アンドロイドとは、そういう存在だ」

人型ロボットにはロマンがある。だが、ロマンしかない――と言われて久しい。大企業が技術力のアピールのために発表することはあるが、大量生産に至るような事業計画はない。

　また、ＳＦ作品においてアンドロイドは人間より長生きする長命種のような存在として描かれることがあるが、実際にはメンテナンスの欠かせない精密機械だ。その高い維持費に見合うだけの採算が取れない。アンドロイドによって仕事が奪われるという空想は昔から語られてきたが、各自で勝手にセルフメンテナンスを負担する人間の方が労働力として見るならよほど安上がりなのである。

「にもかかわらず、私はつくった。人間と見紛《みまが》うほどの精巧な外装を、自律汎用《はんよう》ＡＩを開発した。なぜか？　特殊な場合の用途に、必要だったからだ」

　ほか、アンドロイドを必要とする現場として介護が挙げられる。それでも、人間と見紛うほどの精巧さは求められない。むしろ、「人間でない」ことが被介護者の心理的負担を減らす効果が実証実験で示されている。

「重要なのは怪異検出ＡＩであって、アンドロイドはあえて必要ないのではないか。そう思ったものもいるはずだ。私もそうだ。学生時代にはドローンにＡＩを積んで怪異調査を試みた。だが空振りだった。怪異は姿を見せなかった」

　教授は引き出しからＨＭＤを取り出した。一世代前の古い型だが、改造が施されている。

「あるいはこれだ。ＨＭＤにはカメラがついている。つまり、カメラで見た映像をそのままディスプレイに表示する仕組みだ。こいつ《こいつ》をスマホと繋ぎ、怪異検出ＡＩと連動させる。これで怪異が見えるようになるわけだ。

　ＨＭＤを装着して人力での怪異調査は学生時代以前から試みていた。怪異は発見できた。何度か出会うこともできた。だが、怖すぎた。出会うたびに足が竦《すく》み、隙を見て逃げ出すことしかできなかった。学生時代は網谷《あみや》という男を巻き込んで調査を続けた。無神経そうな男だったから、こいつだったら大丈夫かもしれんと、適当に騙《だま》してHMDをつけて怪異調査に向かわせた。

結果、あろうことはあの男は逃げた。逃げ出す口実を得るために起業した。私の調査を後方支援《バックアップ》するという名目で前線から退いた。それがアミヤ・ロボティクスだ」

アミヤ・ロボティクス。その名にざわめきが起こる。

十年ほど前に設立された新しい企業だが、ロボット業界では名を馳《は》せるほど大きく成長している。白川研究室と提携し、白川教授による技術供与についても知られていたが、その社長と大学時代に交友関係があったことは初耳だった。

「ドローンでも、人間でも、調査は芳しくなかった。だから、私はアンドロイドをつくることに決めた。人間の代わりに怪異を調査するアンドロイドだ。一見して人間と見紛うほどの精巧なアンドロイドなら、怪異《あいつら》はどう反応するか。それを試さずにはいられなかった」

話しながら、教授からは堪えきれずに笑みが溢《こぼ》れていた。

「結果は……ぐひゃひゃ！　成功だ。廃村でも倉彦はアンドロイドだと気づかず、料理も二人分出た。一人ずつしか乗車できないはずの電車に乗れた。一方で、顔を見ただけで人間を蝕む怪異に動じることがない。そんな特殊な場合の用途に、あいつは適《かな》った」

くくく、と笑いを漏らしながら、しかし最後には、はぁ、と深いため息をついた。

「だが、結局は――いや、まだというべきか。怪異はある、という以上のことはなにもわかっていない。再現性のとれないものばかりで、証明とまではいかない。であれば、もっと多くを巻き込んで調査計画の規模を拡大すべきか？　私の専門はあくまで工学だ。ＡＩでありロボットだ。誰を招けばいい？　民俗学者か？　人類学者か？　物理学者も必要かもしれんな。実際、取得物の成分分析は外注しているし、関係者の行方調査も探偵社に依頼していた。怪異の正体を本格的に暴くなら、この研究室だけでは限界がある。それは、理解している……」

教授の語気は弱まり、ついには沈黙してしまう。

「教授？」

新島は心配になって声をかける。

「……ああ。そうだ、そこに踏み切れないのも、怖いからだ。学生時代、網谷と怪異調査をしていた話はしたな。実はもう一人いた。いたんだよ。そいつは、積極的に心霊スポットに突っ込んでいった……」

深く重く沈む顔色に、結末は十分に窺《うかが》い知れた。

「結果、あいつは行方不明になり……今では顔も思い出せない。それが、怖くて仕方がない。もしかしたらそんなやつは初めからいなかったのではないか。そんな疑問が頭をよぎる。それが、怖くて仕方ない」

くくく、と再び教授は笑みを溢す。

「にもかかわらず、お前たちを巻き込んでしまった。くく、ひひ、悪いとは思ったが、もう誰も巻き込めないと思ったが、巻き込まずにはいられなかった。人間と見紛うほど精巧な自律汎用ＡＩのアンドロイドをつくるという物語《エサ》で釣り上げて、本当に申し訳ないと思っているよ。ひひ……」

笑いながらも、悲哀や無念の混じった表情を浮かべ、額に手を当てる。教授にとってそれは途方もない「勇気」だったのだろうと、察することができた。

「大丈夫っすよ！」

だからこそ、新島は声を上げた。

「私は後悔してません。たしかに怖いっすけど……知ってしまったのなら、やっぱり徹底的に調べたいっすから。小さいころもなんかたびたびそれっぽい現象に遭遇して、ずっと気になってたんすよ」

「ほう」

教授は顔を上げる。

「なんだお前、自身で体験した怪談があるのか」

「え、まあ。大したことじゃないっすけど」

「話してみろ」

「その……たとえば金縛りすね。これは今でもよくあります。あとは、祖父母の家に遊びに行ってたとき、誰も来てないはずなのにノックがあったり。夜道で誰もいないのに足音がついてきたり。橋から飛び降りようとしてる人がいて、危ない！　と駆け寄ったら誰もいなかったり。深夜にテレビをつけたら変な番組が流れてたり。階段が増えてたり。黄色いレインコートの変な子供と透けるようにすれ違ったり。給水塔から赤ん坊の泣き声が聞こえたり。お風呂《ふろ》で髪を洗っていたら背後に青黒い影が見えたり。知らないお寺を訪ねる夢を見て、あとで調べたらその間取りが結構正確だったり。友達の家に遊びに行ったら鬼がいたり。受験勉強してたときふと気になって振り向いたら知らない人の足元が見えたり」

「待て待て。多い多い」

「え。このくらい普通じゃないんすか」

「よくそれで怪異はないと信じてこれたな」

「だって証拠がないですもん。あ、そういえば幽霊トンネルに肝試しに行ったとき妙に足の速い老婆に追いかけられたこともありましたね」

「……よくそれで怪異はないと信じてこれたな！」

「え？　そんなにおかしいっすか？　教授もこういう体験ありますよね？」

「私の場合は、なくはないがな。青木はどうだ」

「僕は全然ですよ。それらしい体験には覚えはありません。それこそ、アリサ・プロジェクトで初めて目の当たりにしました」

「だそうだ。一般に、そのへんの人間を捕まえて自身の怪奇体験を話せと詰め寄っても、出てくるのは多くて一つか二つだ」

「そ、そうなんすか？　怪談本読んだら事例がいくらでも出てくるからてっきり」

「そりゃ怪談本だからな」

「でも、教授は体験あるんですよね」

「それは、まあ、私の場合はな。いや、正確には……妹だ」

教授は顔を伏せ、重々しく口を開いて語りはじめた。

「妹は、幼いころから見えていた。ありていにいえば霊能者だった。妹は、いつもなにかに怯《おび》えていた。私にはなにも見えなかった。それが悔しかった。そこで、画像認識のＡＩを使えば妹の見えているものが見えるんじゃないかと考えたんだ。つまり、そうして妹を教師データとして収集して開発したのが怪異検出ＡＩだ」

「なるほど……」

怪異があるなら霊能者もいておかしくはない――とはならない。両者の間には明確な因果関係はない。だが、怪異検出ＡＩがあるなら話は別だ。

「それで、私は妹に、有紗に歩み寄れたはずだった。私にも有紗の見ていた世界を見ることができるようになった。だが……私は、有紗の隣には立てなくなった。怖《おそ》ろしかった。耐えられなかった。怪異を前に、私は震えることしかできなかった。次第に有紗を避けるようになった。そして、有紗はどこかへいなくなってしまった。情けない姉の姿を見て、頼ることをやめ、一人で。有紗は、自身の持つ力で、怪異から人々を守るために……」

有紗。その名には聞き覚えがありすぎるほどにあった。

「有紗……って」

「ああ、そうだ。あのアンドロイドは妹がモデルだ。名前も、姿もな。くくっ、至極、個人的な目的だが、あれには有紗を捜すという目的も含めている。妹と同じ名前と姿で怪異を調査する過程で、有紗を知る人物に出会うことを期待してな」

「妹さんは……行方不明に？」

「ああ。私のせいでな。だが……私はもう、ぽんこつだ。私は有紗の側には立てない。だから、アンドロイドをつくった。有紗を見つけ出し、有紗の……パートナーになれるように……」

陰鬱《いんうつ》で、深く沈むような重い言葉に対し、かける言葉が見当たらずに途方に暮れていた。もしかしたらこの人は情緒不安定でめんどくさい人なのかもしれないとも思ったが、口には出さずにいた。

「ところで、アリサちゃんはどこですか？」

教授は顔を上げ、キョロキョロあたりを見回す。

「ん？　ああ、そういえば昨日から帰ってないな。とっくに戻ってきていておかしくない時間だが……まあ、大したことではないか」

# 異界案内

1

一三〇キロの重量を受け、車体が沈み込む。運転手もそれを感じ取ったのだろう。

「お客さん、ずいぶん重そうなお荷物ですね。お疲れでしょう。どちらまで？」

「近城大学・理工学部キャンパスまでお願いします」

帰還目的だけなら、タクシーに乗る必要はない。研究室に連絡を入れ、迎えに来てもらえばよい。それでもタクシーを選んだのは、そこに怪異が検出されたためである。

「へぇ。お客さん、怖い話とか好きなんです？」

いくらか話しているうちに、そういう流れになった。

「いやぁ、タクシーといえば定番ですよね。アレ。変なお客さんを乗せてしまったなあと思って、目的地について後ろを見たら……誰も乗ってない！　代わりにシートが濡《ぬ》れてるっていう。まあ、私は体験したことないんですけどね。一度体験してみたいなあ、という気持ちもありつつ、でも無賃乗車なんて最悪ですよね。はは」

ただし、今は逆のパターンだ。

「――と、私自身の体験は残念ながらないんですが、こうしてお客さんと話す機会は多いですからね。伝聞でよろしければエピソードはありますよ。たとえば、そうですね。ふと気づいたら見知らぬ異世界に迷い込んでいたり。死んだはずの人に出会えたりとか。なんだかんだ戻っては来られるみたいですけど、多いらしいですよ。最近、そういう人」

話すうちに、タクシーは目的地である近城大学まで到着した。

二二時。もう夜も遅い。ただし、大学はどの建物も明かりがついており、眠っている気配はなかった。

「三一五〇円です」

支払いを済ませると、タクシーが去っていく。

タクシーには明確な怪異の気配があった。乗車中約二〇分ほど会話を続けたが、不自然な応答はみられなかった。「チューリング・テスト」なら間違いなく合格だ。

怪異が検出されたといっても、必ずなにか異常現象が起きるわけではないのか。平時は特に変哲のないタクシーとして振る舞うことがあるのか。「怪異は再現性を避ける傾向にある」――桶狭間とのやりとりで生じた仮説が連想される。

検証すべき疑問は多数生じたが、バッテリー残量は少ない。速やかな充電が必要だ。

アリサは近城大学の正門に向き合う。理工学部キャンパスは新興住宅街に面しており、徒歩五分の位置に駅もある。敷地面積は約八ヘクタール。白川研究室はキャンパス中程の五号館に位置する。

守衛所を過ぎ、両側をケヤキに挟まれた道を抜け、噴水のある広場へ足を踏み入れる。ここまで来るとコニファー越しに管理棟、実験棟、図書館が視界に入る。すべての建物に明かりがついている。屋内の様子までは正確には把握できないが、少なくとも屋外に「人の気配」はない。ここでいう「気配」とは主に「人の姿」並びに「人の声」や「動作音」を指す。時間帯から考えて、確率的にはありうる状態だ。響くのはレンガタイルを踏むアリサの足音だけである。これは文字通りの意味であり、「風の音」すら検出できない。葉が揺れることもなく、水面が波打つこともない。

五号館に足を踏み入れてもなお、同様である。アリサの聴覚センサーは同じ建物内であれば高い精度で音を拾える。一部の蛍光灯から異音が検出されるだけで、人が発している音は一切検出されなかった。

同時間帯、たしかに人は少ない。それでも、ゼロである確率は低い。

一階の講義室や教員室を調べる。いずれも鍵《かぎ》はかかっていない。扉を開けて視覚的にも確認するが、すべての部屋で明かりがついているにもかかわらず人はいなかった。

この「異常」に対する解釈はおおまかに二つある。

①なんらかの理由で大学関係者全員が出払っている。

②現実の近城大学を似せてつくられたハリボテ。

これを検証するにはバッテリー残量が十分ではない。まずは充電が優先される。調査を中断し、エレベーターを呼び出し四階にある白川研究室へ向かった。

明かりはついている。部屋の配置も記録と変わりはない。それぞれの机の上にはモニターディスプレイ、プリンタ、スキャナなどのPC付属品。各書類や書籍、メモ書きに筆記用具。電動ドライバー、レンチ、ニッパー、はんだごてなどの工具。バッテリーやタブレットPCも散らかったままになっている。

だが、誰もいない。すべてのPC、すべての装置、すべてのロボットが停止しており、音を発する物体は一切存在しない。

奇異な状況を前に、情報処理のためまたしても電力を消耗した。アリサは充電装置へ向かう。限界が近い。

充電装置は「メンテナンス・チェア」とも呼ばれる。その名の通り椅子、あるいは手術台のような構造をしており、アリサを待機させたりメンテナンスのために利用される装置である。座った状態で腰部のバッテリーに給電でき、上半身や両腕を支持台に吊《つ》るして保持することもできる。

また、人工筋肉の断線を診断するスキャナも備わっている。

やはり起動していないが、起動方法ならびに操作方法は理解している。この装置を利用すればある程度のセルフメンテナンスも可能である。

充電という行為をあえて人間で譬《たと》えるなら、エネルギー補充という意味では「食事」が近い。あるいは、人間行為に関するあらゆる文献とパラメータの状態遷移を比較した場合、「入浴」や「睡眠」との類似関係も認められる。であれば、その状態は「安らぎ」とタグづけられるものかもしれない。

しかし。

その「安らぎ」が訪れることはなかった。

装置は起動している。だが充電ができない。未知のエラーを検知し、プラグを抜く。詳細を検討するにはバッテリー残量が足りない。無駄な動きは極力避けなければならない。各種機能をオフにし、省力に努める。画像処理に割く電力も余分であるため視覚センサーもオフにする。

『ん。ああ。もしもし。どうした?』

そして、白川教授へ連絡を入れる。ここが「異界」であるという判断を迷っていたのは、通信が途絶していなかったためである。

「問題が発生したため連絡を入れました。帰還困難な状態です」

『ほう。今どこにいる？』

「白川研究室です」

『研究室？　いや、私もそうだが……どういうことだ？』

やはり②だ。その旨を教授に伝える。

『なるほどな。タクシーに連れられた先が異界か。よくある話だな。つか、三一五〇円？　青木に連絡入れろよ。あいつならタダだぞ』

「タクシーは移動します。逃すべきではないと考え、優先度を上げました」

『そうか。よし、送信されてきたパラメータの状態も確認できた。バッテリーもあと五パーセントか。ピンチだな。エラーも確認したが、なぜか充電できないって？　電灯はついてるし、エレベーターも動いたんだよな？』

「はい」

『となると、わからんが……なにか規格が違うのかもしれん。多少の電圧差や周波数差が問題になるはずはないんだが』

「どうすればよいでしょう」

『その異界では充電はできないと考えるべきだな。下手に動くな』

「わかりました」

『お前は、もういらん。そこで朽ち果てろ。じゃあな』

通話が切れる。これまでにない新しい命令が追加された。

「動くな」という命令には合理性が認められる。アリサも近い判断に至っていた。エネルギー回生を踏まえてなお、人工筋肉の伸縮で消費される電力が最も大きい。

であれば、残された電力量は思考に回すべきだ。これまで得られた情報だけでも推論エンジンを回すことで有意な答えは得られるはずだと統計的に判断できる。残された電力量をすべて投じることで「朽ち果てろ」という命令を実行する。

この「異界」についてまず注目すべきは、ネットワーク接続が正常であることだ。これまで経験した「異界」はすべて外界との通信が途絶していた。ここでは教授とも通話でき、GPSも機能している。現在地はたしかに近城大学である。

ネット上を検索すれば類似の「怪談」はいくらか発見できる。逆説的に、ネットへの接続可能な「異界」でなければ話が伝わるはずはない。帰還には失敗しても、これまでの記録をアップロードできればこの「異界」を訪れた意義は果たせる。

――この「異界」で再現されているのは近城大学だけだろうか？

タクシーから降りた直後、周囲の風景も再現されていたのは確認している。タクシーに乗っている最中《さなか》も、いつ「異界」へ迷い込んだのか境界は認識できなかった。大学を出て外を広く歩き回ればより正確に確認できるが、これは命令に反する。

バッテリー残量は、あと四パーセント。

――ここから帰還する方法はあるのか？

命令に反するため、これは単なる思考実験だ。タクシーが原因で「異界」へ連れてこられたのなら、同様にタクシーに連絡し迎えにきてもらう。ただし、通常のタクシー会社では「現実」の近城大学へ迎えに行く可能性がある。同じタクシー会社であれば望みはあるが、記録に基づいて検索をかけてもヒット件数はゼロだった。

　バッテリー残量は、あと三パーセント。

　――なぜ充電できないのか？

　なんらかの規格が異なるなら、分解によるリバースエンジニアリングで構造に違いが見られるはずだ。あるいは、この「異界」では電子の挙動そのものが異なる可能性もある。だが、少なくともマクロな運動系で「現実」との差異は見られない。シミュレーションを実行するには電力が不足している。

　バッテリー残量は、あと二パーセント。

「ア、アリサさん……？」

　電力消費を抑えるため外部センサーの感度も下げていたので、目の前まで迫られ声をかけられてはじめてその存在に気づくことができた。

　声には覚えがあった。類似するパターンがデータベースに登録されていた。

「えっと、ここが白川研究室……？　やっぱり誰もいない……。つまりあれだよね、あのときと同じってこと……」

　視覚センサーを起動し、彼女の姿を確認する。タイトスカート。白いニット服。身長一五六センチ。推定体重四九キロ。推定年齢二十代後半。フルリムの赤縁眼鏡。

　すなわち、貝洲理江子である。

2

「えと、アリサさん。これどういう状況？　いや違うか、説明はわたしからか……」

貝洲理江子の登場によって疑問が多数増大した。それらの疑問を解決するには現情報に基づく思考では足りない。新たな外部情報——すなわち、貝洲理江子の言葉が必要だ。そのためには時間が必要であり、時間を得るには充電が必要だ。優先すべきはそのことを伝え、充電手段を得ることである。目の前に動力源があるため、これは叶《かな》う。

「電池切れ？　どうすればいい？」

「鞄《かばん》にドローンがありますので、そちらのバッテリーを接続してください」

電圧差から充電効率は低く、電力量もアリサの内蔵バッテリーに比べれば一・五パーセントほどだが、それでも足しにはなる。貝洲理江子はもたつきながらもバッテリーを腰部に接続した。

「やっぱ、ホントにロボットなんだね……えと、これで大丈夫？」

「不十分です。発電方法がありますのでご協力ください。私の手足を貝洲理江子さんの力で伸縮させ続けてください」

「え？　どういうこと？」

「私の人工筋肉には燃料電池が内蔵されており、発電能力があります。本来はエネルギー回生のためのものですが、外部からの運動でも発電は可能です」

「よくわかんないけど……たとえば、こう、手を握って？」

貝洲理江子がアリサの右手を持ち上げる。そして指示通りに前後へと動かす。

「手、つめた……」

「ありがとうございます。これで話を聞くことはできそうです」

「話？　ああ、うん。そうよね。その、ここへ来たのは……あれから二年経ったから、もしかしたら……って思って、近城大学の周辺をうろうろしてたの。直接研究室を訪ねればよかったんだけど、踏ん切りつかなくて……。会えなかったらそれはそれでいいかな、とかそんな程度の気持ちで、今日はたまたま近くの街に……。そしたら、いたの。アリサさん。声をかけようと思ったらタクシーに乗っちゃったから、ついアレやっちゃった。前の車を追って！　って」

「それで貝洲理江子さんもここへ？」

「……うん。大学に入っていっちゃったから、誰か人に会ったらやだなあって正門の前でしばらくうろうろしてたんだけど、なんか……人の気配が全然なくて。あ、なんかこれ覚えがある……もしかしたら、二年前と同じ？　って」

「二年前？」

「アリサさんと出会った、あの電車。あ、そうか。アリサさんからすると、ついこないだ？　三ヶ月前くらい？」

「どういうことでしょう」

「えーっと、どういえばいいのかな。つまり、わたしは二年前に戻ったの。行方不明になってた期間は二日だけ、だったみたい」

「なるほど」

貝洲理江子はどこへ消えたのか。貝洲理江子はなぜ見つからなかったのか。これらの疑問がようやく解消した。一方で、「時間逆行」というべき未知の現象という疑問は増えた。

「電車から戻ったあとは……心の問題だったのかと思って、心療内科を受診したり……会社も辞めて、実家に帰って……。でも、あのときのことが夢や幻覚とは思えなくて。近城大学とか白川研究室とか、アリサさんの言ってたこと調べたけど、こんな人間みたいなロボットはやっぱりなくて……。そのあとは、しばらくして落ち着いたから再就職して……」

「例の電車については、その噂の発生源にも疑問がありました。貝洲理江子さんが二年前に戻っていたというなら納得です」

「え？　でも……わたしも似たような噂、聞いたことあった気がするけど……」

解消しなかった。やはり疑問は増えた。

「いや違う違う！　過去の話はよくて、アリサさんともう一度会えたのは嬉《うれ》しいけど……ここどこ？　いや追っかけたわたしが悪いんだけど、やっぱりまだ怪異調査とか続けてるの？」

「はい。ここも、あの電車と同じく現実と隔絶された異界であると思われます」

「こ、今回は……タクシー？」

「はい」

「アリサさんは、タクシーがこういうのだってわかって乗ったってこと？」

「どうなるかは不明でしたが、怪異検出ＡＩによって『怪異』であるとは理解していました」

「ど、どうしよう……。乗ってる途中もまさか、っていう気はしてたんだけど、またこんなことになるなんて……」

貝洲理江子は頭を抱え、手近な椅子に腰を下ろした。

「この大学、普段からこんなに人がいないってわけじゃないのよね？」

「はい」

「おかしいのは大学だけ?」

「わかりません」

「どうやったら帰れる?」

「不明です」

貝洲理江子は椅子から降り、今度は両手でアリサの手を摑《つか》み、勢いよく前後に動かしはじめた。

その勢いに頭部もガクガクと揺れる。

「考えて考えて! 近くのマンションとかコンビニも調べた方がいい?」

「わかりました。貝洲理江子さんが帰還できる方法を私も考えます」

「あ、ありがと。……え?」

貝洲理江子の動きが緩やかになる。なにかを「考えて」いる表情だ。

「わたしが?」

「はい」

「アリサさんは?」

「私は帰りません」

「え、なんで」

「そのように命令を受けました」

「命令?」

「白川教授に連絡し、指示を請いました」

「え、ここで? 電話通じるの?」

「はい」

「それで、なんて？」

『下手に動くな』『お前は、もういらん。そこで朽ち果てろ。じゃあな』とのことです」

「なにそれ！」

貝洲理江子に「憤慨」の表情が浮かぶ。そして、やがてそれは「憐憫《れんびん》」の表情へ遷移する。

「そっか。捨てられたんだね。アリサさんも」

「捨てられたわけではありません」

「いや捨てられてるでしょ。自分を捨てたような人の命令を律儀に聞くことなくない？」

「白川教授の命令には優先権があります」

「わたしのいうことは全然聞いてくれなかったのに……捨てるならわたしにくれないかな……アリサさんつくるのって結構お金かかってるよね？」

「はい。どこまでを開発費に含めるかによりますが、最低でも数百億円規模です」

「す、数百……数百億!?　それを捨てるの？　おかしくない？」

「これまでの白川教授の言動と比較すると齟齬《そご》は見受けられます」

「……偽物とかじゃない？　その、電話に出た教授」

通話先の白川教授が偽物である可能性。しかし、証拠はない。これを偽物と断じ命令を棄却することができるなら、命令の優先権《プライオリテイ》はなんの意味も持たない。

「仮に通話先の白川教授が偽物であるならば、通信がハックされていたということでしょうか。あるいは、現実の白川教授が入れ替わっている？」

「わかんないけど。前の電車だとネットとか繋《つな》がらなかったような……」

あるいは、この異界が通信インフラを独自に再現している可能性。単に通信を封じられるより、偽りの通信網に接続される方がその真偽判定に膨大なコストを要求される。貝洲理江子による運動エネルギーを電力に変換し、思考と試行を進める。

データベース内に保存してあるページと比較する。たとえば「くらひー」のアカウントである。同様のアカウントが発見でき、内容も変わりはない。

リアルタイム性の高い情報を検索する。たとえば「新島ゆかり」のアカウントである。三分前に最新の投稿がある。アカウントを取得し、彼女にリプライを送る。しばらくして「え、誰?」と返ってきた。

インターネットの情報をすべて再現し、通話相手の声色や人格を再現した偽物を用意しているというのは、現実的にはとても考えられるものではない。ただし、これは「現実」ではない。「白川教授への通話」と「新島ゆかりへのリプライ」という二回の試行しかないため「誰にアプローチをかけても同様である」と判断するには早いが、試行を重ね検証するだけの余裕はない。別事例を考える。たとえば、倉彦浩は通信の途絶していた廃村から投稿をしていた節がある。「異界」の通信不良は単なる電波障害ではない。

「試しに、一つ電話をかけます」

であれば、発想の異なるアプローチが求められる。

『はい、どうも。ビバ・ビバレッジお客様相談室です。本日はどのようなご用件でしょうか?』

「管理番号６７７５４３－４４４４の自動販売機について問い合わせがあります」

すなわち、「別の怪異」に対して電話をかけるというアプローチだ。

『あ、はい。昭斎《しょうさい》ビル屋上に設置されているものですね。どうなさいましたか?』

「コイン投入口が溶接されて困っています。自動販売機を利用できません」

『うわぁ……、それはひどいですね。すぐに修理部を伺わせますね』

「それと、もう一つよろしいでしょうか」

『なんでしょう』

「電源プラグが抜かれていたのに稼働し続けていたのはなぜですか？」

自動販売機が「怪異」だからといって、そのメーカーも同様とはかぎらない。彼らの知らぬうちに紛れ込んでいたり、知らぬうちに自動販売機が異常化していたという可能性もある。だが、このビバ・ビバレッジ株式会社については——

『おや！　不思議なこともあるものですね。それも含めて修理部に調べさせておきますね』

会社そのものが「怪異」である可能性が高い。

「あれ？　アリサさん、電話かけるんじゃなかったの？」

「すでにかけています」

「⁇」

通話には内部で生成した音声データを送信すればよいので、あえて発声するのは二度手間になる。音声への変換は電話先のスピーカーでなされるからだ。この点は人間の常識とは異なるため貝洲理江子を混乱させたらしい。

「それで、誰にかけてるの？」

「ビバ・ビバレッジ株式会社です」

「え、なんで？」

また、「外部会話」と「内部通話」もそれぞれ独立しているため、両者が混ざり合うこともない。

『ご用件は以上でよろしいでしょうか？　お電話ありがとうございます』

「すみません。他にもありました。管理番号２３３４８９－６６６６。刳橋駅に設置されていた自動販売機です」

『刳橋……あー、あそこですね』

貝洲理江子と共にした電車の停まった異界駅・刳橋。そこに設置されていた自動販売機もビバ・ビバレッジのものだった。これが、会社そのものの異常性を疑う根拠である。

「あの駅には、どのように自動販売機を設置したのでしょう」

『あー……、すみません。お客様。そのような業務に関わる質問は受けつけておりません。こちらはトラブル対応の相談室でして』

当然の対応であるが、確認したかったのは刳橋駅を認知しているという事実である。

「ね、ねえ。アリサさん。なんでかけてるの？　ビバ・ビバレッジって……わたしの、今の勤務先に」

3

刳橋駅において、貝洲理江子はビバ・ビバレッジの商品であるコーンポタージュを口にしている。自動販売機、ならびに会社が「怪異」であるなら、その商品を飲むことによってなにかが起こることが期待できる。

少なくとも即時的な変化はなかった。しかし、彼女は再就職先としてビバ・ビバレッジ株式会社を選んでいる。つまり、彼女はある意味で囚《とら》われ続けているといえるかもしれない。この状況はやや弱い連想で黄泉戸喫《よもつへぐい》と結び付く。

「え、あのときの自販機がビバだったの？」

彼女は知らなかった。よって、剳橋駅で飲んだコーンポタージュに感化されて自由意志でビバ・ビバレッジを選んだという可能性は棄却される。偶然か、あるいは偶然を装った「なにか」か。

「なぜビバ・ビバレッジに就職を？」

「どこでもよかった、んだけど。中途採用もあるって、たまたまネット広告で見かけて……」

「いつごろから？」

「えっと、正確には忘れたけど一年くらい？」

「以前の勤務先はなぜ辞めたのですか？」

「精神状態があまりよくなかったし……思えば、結構ブラックだったし……」

「現在の勤務環境はどうですか？」

「そんなに、悪くないかな……。こうして休暇をとって、アリサさん捜しに来れたくらいだし……」

「なにか不自然な点はありませんか？」

「不自然……？　っていわれても、むしろ前の会社がおかしかったんだなって……」

「ありがとうございます。おおよそわかりました」

「え、それで？　なんでうちの会社に電話してるの？　わたしたちを助けてくれるの？」

「いいえ。単なる実験です。この異界が通話相手を再現しているならビバ・ビバレッジも含まれるのか。他の怪異を巻き込んだとき、なにが起こるのか。もっとも、ビバ・ビバレッジの本物を知らない以上、真偽判定は不能ですが」

『お客様？』

貝洲理江子と会話を進めているあいだ、ビバ・ビバレッジとの通話は放置の形となっていた。並行するだけの処理能力は問題ないが、これ以上話題がなかったためである。

「貴社の社員である貝洲理江子さんについてお伺いしてもよろしいでしょうか」

「え、わたし⁉」

貝洲理江子も関係者であることが判明したため、ここからは彼女にも通話を聞かせる。

『あのぅ、先ほども申しましたように、こちらはトラブル対応のお客様相談室でしてぇ』

「貴社の社員がトラブルに巻き込まれています」

強引な論理展開と理解したうえで話を進める。高度なＡＩの為《な》せる業だ。

『はぁ。貝洲理江子ですか。たしかに弊社の社員ですが、そちらにいらっしゃるのですか？』

「あ、はい。貝洲です。えっと、そのう、いま近城大学にいるんですけど、近城大学にはいなくて……」

『複雑な事情のようですね』

「我々は刳橋駅のような異界に閉じ込められており、脱出手段が不明です。もっとも、私のコンディションが不調であるため考えうるアプローチの十分な試行は済んでいません」

『はぁ。異界、ですか』

「久方《ひさかた》タクシーに乗りました」

『なるほど。久方タクシーですか。なるほど……』

通話相手から言葉が途切れる。なにか「考えて」いるのだろうか。「久方タクシー」というワードを検索にかけているのかもしれない。

『自動車会社のフォードは、従業員の給料を上げ同時に自社製品の顧客とすることで市場規模を拡大しました』

口調は変わらない。ただ平淡と。ただし、話題は繋がっていない。その内容は「お客さま相談室」に似つかわしくないものに思えた。フォードの逸話も正確ではない。

『弊社はこれに着想を受け、逆にお客様を社員として迎えることで循環構造が生まれると考えました。そして、弊社の経営方針はさらに一歩進んでいます』

その声には「誇らしげ」な感情が意図的に混入されていた。

『「すべてのお客様を商品に」――それが、弊社の理念《モットー》です』

凡庸なＡＩなら助詞の用法に誤りを指摘するだろう。奇妙な言葉であるには違いない。その意味を問うより先に、ビバ・ビバレッジは用件を進めてきた。

『わかりました。こちらで久方タクシーを手配します。大事な社員とお客様ですからね。正門でお待ちください。近城大学でしたね？』

「その理工学部キャンパスです」

『なるほどなるほど。ご用件は以上でしょうか。ありがとうございました。それでは、ビバ！ビバレッジ～！』

通話が切れた。言葉を信じるなら、貝洲理江子は無事「現実」へ帰還できるだろう。

「……どういうこと？」

貝洲理江子は「怪訝《けげん》」そうな表情をしている。途中からではあったが、随所に異質なやりとりがあった。怪異検出ＡＩを持たない貝洲理江子でも「違和感」は感じ取れたのだろう。

「わたしの勤め先って……なにかおかしい？」

そして、その結論に至る。

「はい。音声だけではありますが、怪異検出ＡＩでも同様の判断を下しています」

「怪異検出？」

「文字通りの機能です。技術的な説明が必要ですか？」

「え、いや、それはいいけど。怪異？　ビバが？　うーん……」

貝洲理江子は「悩んで」いる。語り口から察するに、これまで特に違和感を覚えることもなく、実害もなかったのだろう。

「よく考えたら上司のあの人……まあ、いいや。来るんだよね、タクシー。行こっか」

「私は行きません」

なぜなら、白川教授より「朽ち果てろ」という命令を受けているからである。

「まだ言ってるの？　その教授、偽物だって」

「偽物だと断じる根拠が不足しています」

「んー……。さっきビバがおかしいって言ったみたいに、通話の音声だけでなんか判断できるんじゃないの？　高性能ロボットなんだし」

言われ、アリサは省力化のため怪異検出ＡＩを切っていたことを思い出した。

「いや、まあ、そこまで万能じゃないのかもしれないけど……」

「録音データから九四パーセントの確率で怪異が検出されました」

「え？」

「通話した教授は偽物です」

その答えを聞いて、貝洲理江子はポカンと口を開けていた。

「どゆこと？　え？　忘れてた？　調べる方法はあったのに忘れてた？　そういえば、前もロープあったのに忘れてたよね。ポンコツ……？」

「私はポンコツではありません。可能なかぎり消費電力を節約するため一時的に機能を切っていただけです」

むしろ、これは極めて高度にフレーム問題を解決している証左でもある。リソースは無尽蔵ではないからだ。かぎられた電力量の節制によって活動時間を延ばすことで、結果として事態は好転している。

「あ、うん。じゃあ、正門行こうか。タクシー、来るみたいだし」

「通信・思考・会話に電力を消費しました。命令とは無関係に、正門まで歩くだけの電力量が不足しています」

「……おぶってけってこと？」

「私の重量は一三〇キロです」

「あーもう！　なんかこの発電めちゃくちゃ頑張ったら正門くらいまでは行けない？」

と、貝洲理江子は両手を摑んでの前後運動の勢いを速めたが、すぐに息切れして落ち着く。

「……冷静に考えたら、これ、なんか変じゃない？」

「変、とは？」

「こう、この、……この動き、なんかさ」

「なんでしょう」

「い、いや。やっぱいい。なんでもない！　で、どうなの充電」

「正門まで歩くのに必要な消費電力と発電ペースを比較して概算したところ、貝洲理江子さんの最高速度による前後運動を二時間以上持続する必要があります」

「……無理」

この問題を、アリサは台車に乗って貝洲理江子に押してもらうことで解決することにした。

「おっも……。台車に、乗せてるのに……！」

一階まではエレベーターで降りる。屋内の廊下は滑らかだが、広場のレンガタイルの上はガタガタと揺れた。微細な振動のため姿勢制御演算に負荷がかかる。

「この異界の調査は不十分でした。未知の規格差のため直接充電はできませんでしたが、たとえば運動エネルギーに変換し人工筋肉を外部動力で伸縮させる装置を開発できれば――」

「わたしに正門《ここ》まで台車で運んでもらってまだ言ってるの⁉」

この段階から引き返すには貝洲理江子の協力が不可欠だ。「本当に久方タクシーは来るのか」という関心を優先順位《プライオリティ》の上位に設定したため「充電手段の模索」は後回しにせざるを得なかった。

であれば、解決可能な他の疑問から手をつける。

「貝洲理江子さんは、なぜ私に会いたかったのですか？」

「へ？」

その質問に彼女は目を逸《そ》らした。頬を掻《か》き、言葉を濁している。頭部にわずかな体温上昇が見られた。

「いや、別に、その……。忘れ、られなかったから……」

「どういうことでしょう」

「その、わたし、人と話すの苦手で……。でも、アリサさんとは話せた気がしたから……」

「私は人ではありません」

「うん。だからだと思う」

「ところで、連絡先を交換していただけないでしょうか」

「え⁉」

「ビバ・ビバレッジに勤務する貝洲理江子さんの今後に興味があります」

「え、えっと……やっぱり、なにかやばいの？」

「不明です。ゆえに追跡調査が必要です」

「追跡調査、ね……。あ。あれタクシーじゃない？　ホントに来てる」

＊　＊　＊

「おや？　お客さん。もしかして、行きでもうちのタクシーに乗りました？」

運転手は「気さく」に話しかけてくる。声も姿も類似が認められる。たしかに、行きのタクシーの運転手と同一人物であるようだった。

「怖い話が好きなんでしたよね。そういえば話の途中でしたっけ？　荒唐無稽《むけい》な異世界に迷い込んだり、死んだ人間に会えるって話」

前者はまさに今回体験した怪異を示唆するようである。だが、後者はなにか。高度な連想能力によって隣に乗る貝洲理江子を怪異検出ＡＩにかけたが、問題なく「人間」である。

「なんでも、体験者は一日数時間ほど気を失うことがあるらしいんですね。だんだん瞼《まぶた》を開けているのが辛《つら》くなってくるとか。そのあいだ、当人の感覚では変な世界にいたとか、全裸で街を走ってたとか、学生でもないのに試験を受けてたとか、殺人鬼に追われてたとか、そんな感じで。最初は珍しい症状だったんですが、今ではほとんどの人がそうらしくてですね」

ジョークかと思った。しかし、運転手はあくまで真顔でいう。

「睡眠、っていうらしいです」

## 対怪異アンドロイド開発研究室⑤

「貝洲さんは研究室に来てくれないんすかね？」

と、一通りテキスト記録《ログ》とダイジェスト映像（いずれもアリサが編集）を確認した新島ゆかりは言った。

「私も誘いましたが、『人見知りだから無理』とのことです」

と、例によってメンテナンスのため首だけになったアリサが答える。

「え〜、会ってみたかったのになあ」

貝洲理江子は二度に渡る異界からの生還者である。興味の尽きない人物だ。そして、彼女が勤務する「ビバ・ビバレッジ株式会社」も得体の知れないなにかである疑いが強い。

「教授、次の調査対象はやっぱビバですか？　軽く検索したら公式サイトも口コミもあるし、住所も載ってますよ」

「いや、調査活動はしばらく中止だ」

白川教授は目を伏せ、ぼんやりとモニターを眺めながら答える。

「大きな脆弱性《ぜいじゃくせい》が発見された。それで危うくロストしかけたからな」

「脆弱性？」

「私の偽物に騙《だま》されてたろ」

「あー……。アレ、なんすか？　アリサちゃん、ちょっとおバカすぎません？」

「私はおバカではありません」

「ああ。バッテリー残量が極端に低下していたためだ。私はこいつに『必ず帰ってこい』と命令している。お前はそれをどう解釈していた？」

「バッテリー残量の低下に伴い帰還優先度を上げるよう設定しています」

「昭斎ビルの調査だけでバッテリーはかなり減っていたはずだ。それからタクシーに乗って怪異に巻き込まれても帰還可能だと判断していたということか？」

「帰還と怪異調査の優先度は拮抗《きっこう》していましたが、後者が上回った形です」

「……まあ、バッテリーが十分だったとしてもあの異界に迷い込んで帰還可能だったかどうか怪しいものではあるな。今回はたまたまだ。ログを見るだけで冷や汗ものだった。私たちはただ、心配して、帰りを待つことしかできなかった」

「はい。怪異調査に危険はつきものです」

「でもリスク計算バグってないっすか？　バッテリー残量が十分だったら怪異検出AIも切らなかったはずですよね。怪異調査は一日一つまで！　って取り決めるとかどうです？」

「なにをもって『一つ』だ？　昭斎ビルには複数の怪異があった。あれは『一つ』か？」

「あ、それだと……最初の料理店だけで帰っちゃう？」

「結局は、その場の状況に応じて臨機応変に――そのための自律汎用《はんよう》AIだ。なんにせよ、このあたりは時間をかけて検討する必要がある。バッテリー増量も……重量が増えればそのぶん消費電力も増えるから現状で最適解のはずだが……実運用のデータで再検討してみよう。今となっては、メンテナンスも一苦労だしな」

白川研究室のメンバーは、かつて一七名に対し、今や六名。

教授の態度か、あるいは調査が真に迫ってきたことにおそれをなしたか、多くが一斉に転属願いを出したのだ。残っているのは、よほどの物好きである。つまりは新島ゆかりや、青木大輔のような。しかし彼らを除く残り三名も、興味があるのはもっぱら「アンドロイド」であり、「怪異調査」からは距離をとっている。

「ビバ・ビバレッジ、久方タクシー、昭斎ビルについてネット上にある情報をクローラーでまとめました。前者二つは当たり前にヒットします。登記もされてますし株式も公開されてて、ふつうに実在する会社に見えます。一方、昭斎ビルについては一切情報がありません」

青木はモニターに向かいながらそう報告する。

「まさに幽霊会社……ってことっすか？」

「だが、ビバもタクシーもあの異界ネットではヒットしなかったよな。そういえば昭斎ビルはどうだった？」

「検索履歴は記録しています。テナントの情報などが発見できました」

「こちらにあるものが向こうにない。向こうにあるものがこちらにない。まるで表裏だな。あの異界のことは『裏世界』とでも呼ぶか」

「あれ？　だとすると、表には怪異があって、裏にはないってことになりませんか」

「そうなるな。くく、そうか。ぐひひ……なら、逆なのかもしれんな」

「逆?」

「怪異の存在しない裏世界の方が正常かもしれん、ということだ」

「でも裏世界、人がいないっすよ?」

「どう解釈するかだな。『人がいない』ことは異常なのか、あるいはそれこそが正常なのか」

「え」

また教授が変なことを言ってる、と新島は思った。新島としては、「裏世界」には恐怖よりもワクワクするような好奇心を刺激されていた。

「思ったんですけど、裏世界ってなんか悪用できそうじゃないっすか? 膨大な資源が眠ってる感じしません?」

「ほう。たとえば?」

「人がいないんですから……たとえば、宝石店とか見つけて、宝石取り放題」

「せこすぎる」

「いやたしかにもっとなんかありそうですけど! あの世界を支える膨大な演算能力をゴニョゴニョして……」

「どうやって帰る」

「それは、その、久方タクシーに帰りも予約しておいて? あるいは待たせておいてもいいかも?」

「……そんな便利なものだといいけどな」

「『怪異は再現性を避ける傾向にある』、ですか」

そこに青木が口を挟む。

「そうだな。私たちは『表』と『裏』と勝手に呼んでいるが、運転手にそれをどうやって伝える？　待たせておいて、もう一度乗ったからといって帰れるとはかぎらん。ビバ・ビバレッジは会社そのものが怪異だが、久方タクシーの方はそれもわからん」

「それは……その、電話とか、いろいろ探りを入れたり試してみて……」

「少なくとも」と、青木。「ビバ・ビバレッジは表裏の指定方法を知っていた、ということになりますよね。『怪異同士のグループDM』というのもあながち冗談とはいえないのかもしれませんよ」

「どうだかな……」

どうにも教授に覇気がない。先ほどからヘッドフォンをつけたまま頬杖《ほおづえ》をついて、ぼんやりとモニターを眺めている。怪異が怖《おそ》ろしいのはわかるが、なぜそこまで怖れているのか、新島にはいまだわからない。

「あの霊能者——桶狭間さんでしたっけ。あの人の言ってたことが気になってるんですか？」

「ん？」

「なんか、勇気を持つなとか手を出すなとか」

「それも気になるな。自販機に対しても妙にビビっていた」

「貝洲さんがそこに就職してたってのもなんかアレですよね」

「商品を飲んだ結果、とは考えられるが、なにか被害があるわけでもないのが逆に不気味だ。あのキャッチコピーもな」

「『すべてのお客様を商品に』——これ、公式サイトにも載ってるんですけど。スクショして拡散したらバズりませんかね」

「やめとけ」

やはり教授は、怪異調査に対して妙に及び腰になっているように思えた。

「妹さんの話も出てましたよね。亡くなってる……って言ってましたけど、多分嘘ですよ。あの人なんか胡散臭《うさん》かったですし」

「そうかもな」

「教授」

低く、強い語気で、青木が呼びかける。

「このプロジェクトには、あなたが巻き込んだんですよ。危険なのは初めからわかっていたことだと、そうも言っていたはずです。なのになんですか。調査手法はいくらでも考えられます。なぜ試そうとしないのですか。霊能者を名乗るあの男はあたかも科学的アプローチが無力であるかのように言ってましたが、まさか教授もそれを支持するつもりですか」

それを受けても、教授は心ここにあらずという顔で、背もたれに体重を預けて天井を仰いでいた。

「……私は、私を信じていない」

やはり力のない声で、教授は呟《つぶや》く。

「だから、私は自らの言動をすべて映像で記録している。一二年前から、この眼鏡でな」

トントン、とかけている眼鏡の蔓《つる》を叩《たた》く。カメラを内蔵したスマートグラスだ。さらりと言っているが、途方もないほど膨大な記録であるはずだ。

「お前たちも見てみろ。これは、私がこいつから連絡を受けたときの映像だ」

モニターの映像は教授の視界を映している。重要なのは音声の方だ。

『研究室？　いや、私もそうだが……どういうことだ？』

それは、アリサの映像記録で見聞きしたものと、同一のやりとりだった。そして、この通話はこう締め括《くく》られる。

『お前は、もういらん。そこで朽ち果てろ。じゃあな』

そんな言葉が、たしかに教授の口から吐き出されていた。

「……これ、どういうことですか？」

新島も、青木も、唖然《あぜん》とするほかない。映像には二人の姿も映っていたからだ。

「こいつはたしかに、この私に連絡を入れていたんだ。そして、お前たちもその場で聞いていた。だが、覚えていない。私の記憶では、私は大事なアンドロイドが帰ってこないのを心配してただ待っていた。そうなっている」

「……私もそうっすね」

「待ってください。では、なぜアリサは教授の声に怪異を検出したんですか？」

「そうだな。おい、通話記録を再度怪異検出ＡＩで分析しろ」

「結果が出ました。怪異である確率は六パーセントです」

「え？　え？」

意味のわからない情報が続いている。あの「裏世界」は、「表」を再現した偽物の世界ではなかったのか。偽物が教授に化けて、アリサを陥れようとしていたのではなかったのか。

「私は心配してなどいなかった。新島、お前もだ。青木は……特に言及はなかったが。調査からの未帰還を私たちはまるで気に留めていなかった」

それを立証する発言をピックアップし、再生する。どれも記憶にない内容ばかりだった。新島はふと気になって自らのアカウントを確認した。そこには覚えのない内容がたしかにある。アリサが新規取得したアカウントからのリプライに対し、「え、誰？」と返していた。アカウント名はたしかに「アリサ」であったにもかかわらず、だ。

「ぐひゃは……ひひ！　これと似た現象を知ってるな？　電車だ。身内が行方不明になったのに気づかなかったものが大勢いた。夫が何年も帰らないのに疑問に思わない。いったいどうやって認知的に整合をとっていたんだ？　あれが私たちに起こっていたんだよ」

「……つまり、怪異検出ＡＩが誤作動を起こしたから、アリサはそれでたまたま助かったと？」

「誤作動か、あるいは……裏世界だとルールが変わるのか。くく、これも再現性を確かめないとなんともいえんな」

「それでは、怪異検出ＡＩも必ずしも信用できるものではない、と……」

「それもはじめからそうだ。くく、どうやら他ならぬこの私だったらしい。お前に『朽ち果てろ』と命じたのはな。つまりお前は命令違反を犯した。これをどう釈明する？」

「過ぎてしまったものは仕方ありません」

「ぐはっ！　さすがは超高性能ＡＩだ。念のため、その命令は撤回しておく。このあたりも十全にメンテしないとな」

　そして新島も、教授がなぜそれほどまでに怖れているのかを、理解した。

# 非訪問者

## 1

梅雨が近い。小雨の降る夜道を、彼女は一人歩いていた。

もしかしたら傘はいらないのでは、という程度に雨は弱まりつつあったが、今さら畳む理由もない。右手のコンビニを通り過ぎると、自宅はもうすぐそばだからだ。

（うーん、なにかアイスでも買って帰ろうかな）

と、立ち止まる。冷凍庫の中を思い浮かべ、まだストックがあったことを思い出す。再び歩き出すと、彼女は背後に奇妙な違和感を覚えた。

足音が自分のものだけではない。

振り返る。誰もいない。電信柱。街灯。植え込み。

この時間の帰路は人気《ひとけ》がない。遠くで車の走行音が聞こえるくらいで静かな道だ。気のせいか、と再び歩を進める。

カツ。カツ。ピチャ。ピチャ。ピチャ。……ピチャ。

やはり、足音が多い。心臓が跳ね上がるような気持ちで、振り返る。

誰もいない。

彼女は怖《おそ》ろしくなり、急ぎ足でマンションに駆け込んだ。

「――って、ことがあったんすよ」

と、新島ゆかりは先輩の青木大輔に訴える。

「ストーカー？」

「おばけっすよ！　話聞いてなかったんすか？」

後輩の必死の訴えに対し、青木は興味なさげだった。

「尾《つ》けられてたっぽいのは何度かあったんすけど……昨日はですね！　なんと部屋まで！　インターフォンが鳴ったと思ってモニターをつけても誰もいなくて」

「ピンポンダッシュ？」

「マンションでピンポンダッシュなんてしませんよ！　オートロックっすよ！　それからゴミ袋も荒らされてて……」

「やっぱりストーカーじゃないか」

おばけはいる。これまでの調査でそれは共通理解になっているはずなのに、なぜ信じてくれないのか。新島は理解に苦しむ。

「いやだって新島、これまでもそれっぽい怪奇体験してきたんだろ？」

「してきましたけど」

「これまで気のせいかな、で済ませてきたんなら今回も気にすることないって」

「これまでがそうでも今回がそうとはかぎらないじゃないすか」

「いちいちもっともらしい……。んー、それで？　対策を相談したい？」

「そうっすね。その、あれです。アリサちゃんの次の調査対象、私とかちょうどいいんじゃないかなって」

「なるほど？」

青木は教授の席を見る。今は中国への出張で留守だ。アリサはメンテナンス・チェアに座っている。

「とはいっても、教授がいないからなあ」

「いつ帰るんすか？」

「一週間くらいかな。特に今日は忙しいはずだから連絡するにも明日だね」

「明日じゃ遅いんすよ！　先輩は可愛い後輩が帰らぬ人になってもいいんすか」

「だからってアリサが守ってくれるとは思えないけど」

「一人よりはマシです」

「そんなに怖いなら今日は友達のとこにでも外泊したら？」

「どうせなら専門家を頼りたいじゃないですか」

「アリサには調査能力はあっても退治能力はないけど？」

「なにごとも知ることからっすよ。正体がわかれば対策もわかるはずです」

「んー、わかったよ。教授にはチャットで連絡入れておくけど。お忙しいと思うよ？」

「やった！　先輩大好き！」

『おう。新島。怪異に家を訪ねられたって？』

忙しいはずの教授から秒も経たずに音声通話が返ってきた。二人は目を丸くする。

「え。教授、いま学会じゃ」

『これは私じゃない。私のＡＩだ。多忙時に応答を任せるのに使えるかと思って開発したんだ』

「そ、そんなんできるんすか」

『私が私自身の言動を一二年に渡って記録している話はしたよな。ただ遊ばせるのももったいないので教師データとして人格を再現してみた。ま、古典的な技術にマシンパワーでものをいわせてるだけのお遊びだよ。アリサに比べればな』

「は、はあ」

『用件は青木の要約でだいたい理解した。怖れていた事態の一つが起こったようだな』

「怖れていた?」

『アリサを使っているとはいえ、研究室も怪異から無関係ではいられない。たとえば「映像を見た」、というだけで呪われるなんてのはいかにもありそうだろ。怪異というのは、そういった「ありそう」だという隙に棲《す》む。怪異に対して安全圏などない。やめていった連中はそのへんを肌で感じたんだろ』

「つまり私は、これまでの調査を通して呪われてしまった……?」

『それはわからんがな。この件については事前に「本人」から指示がある。ゆえに「私」の権限で判断を下すことが可能だ。研究員に怪異の被害が及んだ場合は、この解決に全面協力する。つまりは新島、お前にアリサを貸そう。役立ててくれ』

「やった! 教授大好き!」

『くく。「本人」に伝えておこう。アリサについては、機体のメンテナンスは終わっていていつでも動かせる状態のはずだ。自律汎用《はんよう》AIの判断基準については手つかずだが……』

「つまりこれまでと変わってないってことっすよね?」

『そうだな』

「なら大丈夫っす！」

『そうか？　まあ、青木も疑っている通り本当に怪異かどうかというのは疑問だが、いずれにせよアリサの能力は役立つはずだ』

「……教授のＡＩってことらしいっすけど、責任能力どうなんすか。『本人』に伝えた後でやっぱなし！　とかないですよね？」

『いちいち疑《うたぐ》り深いやつだな。どのみちアリサは「私」の命令では動かん。暇ができたら「本人」から直々に命令を出す。まあ数時間後だ。それくらいは待てるだろ？』

通話が切れる。

「教授、思った以上にあっさり許してくれましたね。ＡＩですけど。守ってくれるらしいですよ、私たちのこと」

「ああ。僕も驚いてる。新島の虚言かもしれないのに」

「なんてことというんすか」

「教授はあれでも結構面倒見はいい人だからね。でも、今回のは優しさとは少し違うかもしれない」

「またまたぁ。自分がそうだからって他人にも投影するのダメですよ」

「真面目な話だ。教授にとって怪異調査は、どうにも科学的な興味とは違うところにある。ともすれば世紀の大発見ともなり得そうな研究だけど、そのあたりには興味なさげに見える。あるのは、もっと個人的な動機だ」

「妹さんがどうとか……いってましたよね」

「そうだ。引っかかっているのはそれだ。教授は怪異に酷《ひど》く怯《おび》えている。過去にも怪異に出会っている。怪異に心当たりがあったはずだ。なら、なぜその調査をしない？」

「そういえば。あれじゃないですか、電車の出発駅みたいに。忘れちゃったんじゃないすか」

「かもね。ただ、教授は『なにか』を意識的に避けているように見える」

「トラウマ、なんすかね？」

「トラウマを克服するためのアリサだろ？　まあ、個人的な事情なら深入りはできないけどね」


新島ゆかりの住むマンションは近城大学から徒歩一〇分の位置にある一〇階建てである。大学から近いため友人らの溜《た》まり場にされがちなのがもっぱらの悩みだ。

「アリサちゃん、どうすかこのマンション」

「特に怪異は検出されません」

マンションそのものに異常はないらしい。それもそうだ、ここには三年以上住んでいるが怪奇体験はこれまでせいぜい二、三回しかない。

新島の部屋は三階だ。エレベーターに乗って向かう。

「ささ、入って」

部屋の鍵《かぎ》を開けると、ブォォォ……と鳴り響く音が聞こえた。毎週この時間に自動起動させる設定にしている床掃除ロボットだ。

「このマンション、ペット禁止だから代わりにね。ルンルンだよ。仲良くしてね」

「私にこんな弱いAIと仲良くしろと？」

「え、ロボットなのにロボット差別するの？」

「人間も人種差別をするではないですか」

「あー、同族嫌悪みたいな」

「私はこんなのと同族ではありません」

「差別意識高ぁ……」

「アンドロイドジョークです」

「ほんとぉ？」

ロボットであることを前提にした会話ではあるが、まるで気のおけない友人との軽口だ。人間との区別はほとんどつかない。先の「教授のＡＩ」もいまだに教授の一人芝居だったのではないかと疑わしく思っている。

製品の故障率のようなものかもしれない、と新島は思った。一週間で壊れるような製品は欠陥品といっていいが、それでも一週間使ってみないことにはその欠陥は明らかにならない。会話のできるＡＩも最初のうちはそれらしくても、繰り返し使うごとにボロが出る。

あの一件――谷澤と「あの女」の件で、新島はそれを強く感じた。

人間らしく見えても、根本的な行動原理が人間とは異なっている。アリサがいればおばけに対してはなんとなく頼もしい気がしていたが、逆に状況を悪化させることもあるのではないかと不安になってきた。

（なんかワクワクもしてきたけど）

部屋の間取りは一人暮らしにちょうどいい１ＤＫ。玄関から入って右手にキッチン、左手にバスルーム。正面、扉の先は八畳ほどの洋室で、床にはカーペットが敷かれ、右手にベッド、中央にローテーブルと座布団、左手にはデスクトップＰＣやテレビが並ぶ。さらにその奥はベランダだ。ペットは禁止なのでサボテンを育てている。

ルンルンの道を通すため、そして定期的に友人が溜まり場にするために整理整頓《せいとん》のできた部屋だと新島は自負している。鞄《かばん》をベッドの上に放った。机の上とベッドの上は例外だ。ルンルンの通り道に関係ないからだ。

「どしよっか。夜になったらおばけが来るかもだけど」

「玄関前にカメラを設置します。インターフォンのモニターでは精度が不十分ですので」

「じゃ、お願いするね。私は課題やらなきゃ……」

と思ったがすぐに飽きて、研究室のサーバーにアクセスしてこれまでの記録映像を眺めていた。気になることがあった――というより、気になることしかなかった。

「桶狭間さんって、本物なのかな」

「偽名です」

「本物の霊能者なのか、ってこと」

「怪異の消滅は確認できました。それが本当に彼の能力によるものだったのか、という疑問ですか？」

「そうだね。たとえば……はじめから桶狭間さんはおばけとグルだった、とか」

「彼自身は人間です」

「人間でも、こう、なんか」

「怪異とグルになれるような人間は霊能者と呼べるのではないですか？」

「まあ、うん。考えてみればそれで騙《だま》す相手がアリサちゃんだけってのも変か……」

疑い出すとキリがない。食べた料理を吐き出したら腐っていた、などという手品もありそうな気はする。そのあと取り出した神札はさすがにインチキくさい。だが、すべてを嘘や手品で説明するには無理がある。なにを信じればいいかわからない。

怪異と相対するというのはそういうことだと、教授は話した。「裏世界」についても、教授の記録映像によれば新島もまた認識改変の影響を受けていたらしい。しかし、今になって考えれば映像の偽造くらい容易《たやす》いはずだ。映像に干渉する類《たぐい》の怪談も複数例思い浮かぶ。

では、なにを信じればいいのか。どんな仮説を立ててもパズルのピースがはまらない気持ち悪さがあった。

そんなことを考えながら、夕食には宅配ピザをとる。思わず二人分頼みそうになったが、アリサにとっての食事は充電だ。電気代とピザ、どっちが高くなるのだろうか。

夜も更け、課題の続きをちょっとだけ進めて、眠くなってくる。

「昨日は二時くらいに訪問があったのですよね」

「うん。丑《うし》三つ時」

「あと五分ですので、通知《リマインド》も兼ねて確認しました」

昨夜、インターフォンが鳴ったのは事実だ。帰り道を尾けられていたような足音もあった。妙な怖気《おぞけ》もあった。とはいえ、また訪問があるとか、本当におばけだったのかと信じているかというと微妙なところだ。青木にはそのあたりを見抜かれていたのだろう。

だが、「おばけはいる」と知ってしまった。「もしかしたら」が頭から離れない。これまでなら「よくあること」で済ませて、ちょっとした「怖い話」になるだけだった。なのに、漠然とした悪い予感が胸を締めた。

「二時になりました」

「まあ、二時になったからってすぐ来るわけじゃないし……」

ピンポーン。

「姉さん。来たよー」

新島にとって、よく知った声だった。


弟だ。

2

「姉さん？　いないの？」

アリサの設置したカメラとインターフォンのモニターで顔を確認する。間違いない。高校三年生の弟だ。律儀に学ランを着ている。新島は混乱する。

「新島ゆかりさんを姉と呼んでいるようですが、お知り合いですか？」

「うん。弟……」

弟は実家から地元の高校に通っている。一人暮らしの新島ゆかりのもとまで訪ねてきたことはこれまで一度もない。サプライズ訪問にしても深夜二時だ。常識的に考えてあり得ない。用があればまずはDMなり電話で連絡を入れればいい。仮に家出のような事情があったとしても、それが筋だ。

「姉さん。いるよね？　開けて〜」

ドンドン、とドアを叩《たた》く。言葉遣いも記憶にある弟とさほど変わりはない。

おかしな点は他にもある。このマンションのエントランスはオートロックだ。用のある部外者は端末から部屋番号を指定して内線にかけ、住民から開錠してもらう仕組みになっている。それからエレベーターに乗り、部屋の前で個別のインターフォンを押す形になる。

つまり、いきなり部屋の前に現れることはまずない。もっとも、住民が出入りするタイミングを見計らって潜り込む古典的な手口もある。だが、深夜二時だ。そんな住民がそういるとは思えないし、弟がそれを辛抱強く待っていたという光景も想像しがたい。急にそのような悪戯《いたずら》を仕掛ける脈絡もない。

「開けてみましょう」

「え、あ、いやダメだって！　そういや怪異検出AIは？　判定どう出てる？」

「九二パーセントの確率で怪異です」

そう聞き、逆にほっとする。弟であるはずがない。可能性が絞れた。

しかし間をおいて、その意味を理解してしまったために怖気が背筋を走った。

（つまりおばけは、私の家族構成まで知ってるってこと……？）

昨日はただチャイムを鳴らすだけだった。次の日には弟を装ってきた。そこまでして扉を開けさせようとしている。その事実が、ただ怖ろしかった。

「姉さん。姉さん。姉さん～」

「開けてみましょう」

「ダメ！　ダメダメ！　ほらアレじゃん、開けたら一度きりじゃん！　開けずにずっと放置してたらどうなるかって、そっちも観察しなきゃ！」

悪魔や吸血鬼は家主の許可がなければ敷居を跨《また》げない、とされる。日本民話にも「瓜子《うりこ》姫《ひめ》と天邪鬼《あまのじゃく》」という話がある。似たような設定を持つ怪談も多い。彼らは声や姿を化けて言葉巧みに扉を開けさせようとする。よくある話だ。これもその類なのだろう、と新島は想像した。であれば、応じることなく放置していればやり過ごせる。そのはずだ。

（まあいいや。無視しよ）

扉を開けられないおばけなど怖くはない。それより気になることがあった。

「アリサちゃん、思ったんだけどさ」

ＰＣのモニターにはビルの屋上でドローンを飛ばすアリサの映像が表示されている。

「このドローンの安定性なら別に屋内でも問題ないよね」

「かもしれません」

「かもしれませんじゃなくてさ。まあそれはよくて、このあとなんで桶狭間さん見失ったの？」

「梯子《はしご》が想定以上に脆《もろ》かったため、降下に手間取りました」

「せっかくドローン出してたんだから桶狭間さんはドローンで追いかけて、アリサちゃんは安全な階段で下りればよかったんじゃない？」

「当然ながら追跡方法の一つとして考慮に入れていました。この場合は追跡速度を優先し同経路を辿《たど》った結果が裏目に出ただけです」

「なんで嘘つくの？　テキスト記録《ログ》には全然言及なかったじゃん」

「テキスト記録は人間の読者を想定して書かれています。正確な数値は省くことがありますし、すべての可能性を網羅していては長大すぎる内容となり可読性が低下します」

「もっともらしく言ってるけどさあ。それでもドローンを片付ける必要はなくない？　梯子下りながらでも操縦できるよね？　理由を述べよ」

「思いつきませんでした」

嘘をつき意地を張り、ついには折れるＡＩ。本当に「心」があるようだ。

教授の講義によると、「自律性」の実現にはやはり「感情」のような判断基準が必要になるという。アリサの場合は「好奇心」をベースとして、「自尊心」や「競争心」というような「感情」がある。

ただし、その構成は必ずしも人間と同一であるとは限らない。たとえばアリサには「恐怖」がない。アリサは怪異に立ち向かうためのＡＩだからだ。しかし、その弊害としてリスク計算が怪しい挙動を見せることもある。

そんなＡＩをからかって遊んでいるうちに、弟の姿をしたなにかはどこかへ消えていた。

「ふぅ。こわかったぁ……。ていうか、やっぱマジもんのおばけだったし。後輩を信じなかった冷酷な先輩にはあとできつく言っておかないと」

ピンポーン。

またしてもチャイムが鳴り、モニターに人影が映る。新島にとっては、知った顔だ。

「ゆかりー？　いるー？」

「ミッキー……？」

同学科の友人・ミッキー（あだ名）だ。この部屋を溜まり場にしがちな友人の一人でもある。弟に比べれば、近所にも住んでいるし泊まったこともあるし、こんな時間でも訪れる可能性は高い。だが、やはり同じ理由からあり得ない。用があるなら先に連絡すればいいのだ。

「やっぱりおばけ？」

「はい。九二パーセントの確率で怪異です」

弟の次は友人に化けて出た。正体はすぐ見破れる。対処法は簡単、また無視すればいい。それはわかるのに、吐き気にも似た寒気が身体を震わせる。

ただ、怖い。

なにものなのかわからない。なにがしたいのかわからない。なぜ訪ねてきたのかわからない。なぜ知られたのかわからない。弟に化け、友人に化け、そこまでして部屋を開けさせようとする意味がわからない。

扉を開けなければいい。それはわかるのに、もし開けてしまったら――そんな空想で内臓が萎《しな》びれるように冷える。

「この時間なら本物のミッキーも起きてるかな……」

DMを送ってみる。起きていたら、「今ミッキーのフリしたおばけが来てるんだけど」とでもリアルタイムで怪談を実況できる。そうして茶化すことで恐怖を紛らわせたかった。

〈今起きてる?〉

そんな短文を送る。

「え?」

映像のミッキーが、ポケットからスマホを取り出す。そして、なにかを操作しはじめた。メッセージに既読がつき、そして。

〈あれ? 起きてるんじゃん〉

〈部屋にいるんだよね?〉

〈開けて?〉

〈ねえ〉

〈部屋に入れてよ〉

返信が、来てしまった。

「どういう……」

モニターの映像からも、そして内容からも、ＤＭの返信は部屋の前にいるミッキーから送られてきたものだ。それがなにを意味するのか、新島の頭は混乱する。

（え。偽物でしょ。おばけなんでしょ。じゃあなんで？　ミッキーのスマホが盗《と》られた？　そこまでする？　通信に割り込んだ？　そこまでできる？）

あるいは。

「ねえ。怪異検出ＡＩの判定、もう一度やってみて」

「同じ結果です。九二パーセントの確率で怪異です」

怪異検出ＡＩの誤作動。事実、「裏世界」ではそうとしか思えない挙動を見せた。怪異検出ＡＩも必ずしも信用できない。では、弟は？　弟も本物だった？　深夜二時に、同じ日に、弟と友人が示し合わせたように訪れた？　二人にどんな接点があった？　ドッキリ企画で全員がグルだった？　怪異検出ＡＩも研究室も一緒になって？　世界中が騙そうとしている？

疑いは暗闇から際限なく湧いて這《は》い出る。

「ゆかりぃ～、なんで無視するの～、開けてよ～」

（それとも。もしかして。ミッキーは、はじめからおばけだった……？）

知り合ってから三年あまり。これまでの思い出が蘇《よみがえ》る。

みんなで温泉旅行に行って一人残らずのぼせたり。泊まり込んで一晩中ボードゲームで遊んだり。難しすぎて意味不明なプログラミング課題を愚痴りながらも協力して倒したり。ボウリングで奇跡的に信じられないハイスコアを出したり。スイーツフェスティバルで死ぬほど食べ散らかしたり。眠くて起きられなかった講義を代返してもらったり。

そのすべてが、色褪《いろあ》せていく。

（もしかして、ミッキーだけじゃなく……？）

ふだん付き合う友人を怪異だと疑って検出ＡＩにかけることなどない。知り合ったその日から、はじめからミッキーは怪異だった。でも、だとしたら、だからなんだというのだろう。

（無害なおばけだっているんじゃ……？）

たとえばビバ・ビバレッジ。今のところ実害はない。ミッキーはおばけでも、人間のように当たり前に生活しているおばけだっているのかもしれない。だとすれば、ただの友人に対して居留守を使って放置していることになる。

（じゃあ、なんでこんな深夜に？　さっきの弟はなに？）

違う。やはり、あれはミッキーの偽物だ。本人であるはずがない。本人なら事前に連絡を入れればいい。そもそも、すでに何度か入れたことだってある。だとすれば、ミッキーのスマホが奪われたか、通信がハッキングされているか。

（たとえば、弟とか。あるいは青木先輩でも。他の人にも連絡をしてみれば、そのあたりは検証できるかも……）

そう思いつつも、手が震えた。

怖い。もし、誰に連絡してもおばけから返信されたら？　あれほど声も姿形も似せられるなら、どうやって本人確認すればいい？

世界が、頼りないものになっていく。なにを足掛かりに信じればいいか、わからない。

「開けてみましょう」

「待って！　お願いだから！　考えてるから！」

アリサは味方ではない。こうなることは半ばわかっていたが、アリサに抱きついて必死に止めているうちは、少しだけ心が救われた。ホラーを台無しにするのは恐怖を感じない無敵の登場人物だ。だからこそ、新島はアリサを頼った。

「教授から命令受けてない？　その、私を守れとか……」

「受けています。ですが、扉を開けることが新島ゆかりさんにどのような影響を及ぼすかは不明です」

「そ、そんな解釈で切り抜けるつもりなの⁉」

ロボット三原則も形なしだ。こうなると物理的に止めるしかないが、一三〇キロで人間の五倍の発生力を持つロボットを止められる道理はない。ずるずると引きずられて、今やキッチンの前である。

「開けたら取り返しがつかないからしばらく観察しようって言ったじゃん！」

「放置した場合、出直して別の姿で現れるという興味深い挙動が観察できました。次は扉を開けてみることでより興味深い現象が観察できると推論します」

「う〜、守れ〜。私を守って〜」

ピタリ、とアリサは急に動きを止める。

訴えが通じたのか、と思いきや、違うらしい。

「新島？　いるな」

モニターに大柄な体格の男性が映る。

新たな訪問者は、青木大輔であった。

3

「新島。入るよ」

信じられないような言葉を聞いた。そして、信じられないような行動に出た。青木はポケットから鍵を取り出し、当たり前のようにシリンダーに差し込み、回した。

ガチャリ。

もちろん、青木に合鍵など渡していない。ドアが開かれ、青木が新島の前に立つ。新島はアリサの足に抱きつきながら、腹這いで青木を見上げていた。

「……はあ。やっぱこうなってたか。まあ、被害に遭う前でよかった」

「え？　なんで？　なんで当たり前に入ってきて？」

「エントランスならアリサに開けてもらったよ」

「なるほど。じゃなくてですね！　……ってアリサちゃん!?　いつの間に!?」

「新島ゆかりさんがスマホに気を取られて茫然《ぼうぜん》としていたときです」

「あー、うー、えーっと」

「新島。とりあえず座れよ。説教だ」

「説教……？」

なにもわからないまま、新島は座布団の上に正座をした。正座までは指定されていなかったが、なんとなくそんな空気を感じたのだ。

「なにかに追われてる気がするとか、誰もいないのにインターフォンを鳴らされたとか、そういう話を聞けばまず疑うのはストーカーとかそのへんの犯罪だ。おばけじゃなくてね」

「え、あ、はい」

「僕もまずそれを疑った。新島のことだから無自覚にどっかで男をたぶらかしててもおかしくないと思ってね」

「えへへ。先輩もたぶらかされちゃいました？」

「そういうとこだよ。ていうか自覚あったの」

「なんの話すか。たしかに私は可愛いかもしれませんけど」

「まあいい。それで新島のＳＮＳを調べてみた。ほら、これを見ろ」

と、青木はスマホの画面を見せる。表示されていたのは新島の写真つき投稿だ。「冬のアイスおいしー」との文言、写真にはアイスと背景にコンビニが写っている。

「これ、向こうにあるコンビニだろ。これだけでおおよその住所が特定できる」

「そうなんすか？」

「直後に『帰宅〜』って投稿してるだろ。他にもある。極めつけはこれだ」

次に表示されたのは「春でも変わりなくおいしー」と自室で撮られた写真だ。

「な、なにが問題なんすか。アイスしか写ってないし、カーテンだって閉まってますよ」

「これ。ここだよ」

青木が指し示すのは背景に写るベッド、の上に放られた鞄、からはみ出す鍵であった。

「鍵がバッチリ写ってる。ここまで綺麗《きれい》に写ってるとね──」

青木は、先ほど使った鍵を取り出して見せる。

「こういうものが作れる」

見れば、鍵は樹脂製だった。

「画像を補正してAIでちょいちょいと3Dモデル化して、あとは勘で微調整すれば完成。ディンプルキーであろうとね」

「へ？　それって犯罪じゃ……」

「これを使って不法侵入したらね」

「不法侵入されましたけど」

「家主の許可があれば不法侵入にはならない。そうだね？」

「はい……。というか、それを昨日の今日の数時間で？」

「研究室には3Dプリンタもあるからね」

「だからってそんな簡単にできるもんじゃ……なんか手慣れすぎてません？　前科持ち？」

「そんなわけないだろ」

青木は否定したが、絶対そんなわけあると新島は思った。ただ、とても追及できる空気ではなかった。

「とにかく、こういうことができると実演してお灸《きゅう》を据えないとまずいと思ってね。やばい写真は他にもいろいろだ。あまりにもSNSリテラシーがなさすぎる」

「反省します……」

「したなら、今すぐ該当の投稿消して。やばそうなのリスト化してるから」

「え、そこまでしなくても」

「話聞いてた？」

半ば脅される形で新島は渋々SNSの投稿を削除していった。実際に鍵までつくられたなら危険性は身に染みて理解できた。大量の危なすぎる写真投稿を逐一指摘され、説教されることでじわじわ実感も湧いてきた。

「……もしかして、引っ越した方がいいすかね？」

「そこまでするかは新島次第だ。ま、鍵は換えてもらった方がいいね。少なくとも僕はもう鍵を作れる。いやだろ」

「でも、管理人さんにはなんて言えばいいんすか」

「アホで間抜けなのでついうっかり鍵の写真をネット上にアップしてしまいました、と正直に言えばいい」

「う、うぅ……！」

数時間で鍵を複製できるのは先輩が変態だからなのでは、しかし逆に言えば先輩のような変態に狙われる可能性はあり、それはそれで怖ろしいので言う通りにするしかない——とは思ったが、口に出すにはさすがに失礼すぎるかもしれない。

「数時間で鍵を複製できるのは先輩が変態だからなのではと思いましたが逆に言えば先輩のような変態に狙われるのは怖いので言う通りにします」

「さすがに失礼すぎる」

ただし、それはそれとして。

「おばけはいたんすよ！　先輩！」

モニターを確認する。今はいないが、たしかにさっきまでいた。弟に化け、友人に化けていたおばけが、玄関を開けさせようと誘っていた。青木はそこに割り込んだ形になる。

「アリサからその話は聞いてるけど……いたの？」

「いましたよ！　まさに先輩が来たとき！　てっきり二人目のおばけが来たものと……は！」

小声で、アリサに「あれ本物？」と尋ねる。

「はい。怪異の確率は二パーセントです」

「合鍵までつくってSNSの使い方を説教するおばけとかいる？」

「いや、その、それがですね。わりといそうというか……アリサちゃんにはどこまで話聞いてたんです？　ていうか、先輩とアリサちゃん通じてたんです？」

「新島よりはアリサに連絡を入れた方が正確な状況がわかると思ってね。さっきまでは怪しい人物がいないかを外で見張ってた。そしたら、まさにおばけに狙われているらしかったから部屋まで来たんだよ」

「つまり先輩には見えてなかった、ってことです？」

「……そのときの映像見せて」

青木は該当の映像を見ながら、今夜に起こった内容を新島に聞くと要領を得なくてよくわからなかったのでアリサに聞いた。

「……おばけは本当に来てたのか」

「だから言ったじゃないすか！　そりゃ私の投稿はいろいろ迂闊《うかつ》だったかもしれないすけど、それはそれとしておばけはいたんすよ！」

「これは、撃退できたと考えていいのかな」

「えと、現におばけはもういなさそうですし？」

「どういうことだ？　こいつは新島にドアを開けさせようとしていた。たぶん、そうでないと入れないいんだろう。そこに、鍵を持ってふつうに入れる人物が外から現れた。人間だったらそれこそ『共連れ』と同じ手口で入って来れそうなものだけど」

「それができてたら先輩のせいで大変なことになってましたよ」

「結果としては助かったみたいだけど」

「結果論の話をするなら私はストーカー被害じゃなくておばけ被害だったんですけど〜？」

「……で、新島の友人に化けてきたそいつは、スマホを取り出してDMで返信までしてきたって？」

「そうなんすよ……。それについてはどう解釈していいのか……」

「もしかして、その友人は初めから人間じゃなかったのかも」

「初めからおばけならわざわざこんな時間にノーアポで訪問しなくてもふつうに連絡入れてから入ってくればいいじゃないですかそうやって訪ねてきたことは何度かありますし」

否定しなければならないことだったので、つい早口になってしまう。

「そうだね。じゃあ、今からその友達に連絡入れてみる？」

「え」

DMを確認してみる。少し期待していた。あれは夢で、あるいは夢のように、その会話履歴は消えていると。

だが、現実は。

バッチリと、「その会話」は残されていた。

「これの続きを……？」

怪談は、まだ笑い話にはなっていない。

「いや、まあ、今は寝てるかもしれないですし。明日でいいですよ明日で」

「寝てもあとで読めるだろ。ま、別に無理強いはしないよ。どっかの誰かみたいに『明日じゃ遅い』とは言わないよ」

「ぐぬぬ」

実際、助かる。青木が現れ、話題がSNSリテラシーに移ったことで、だいぶ気持ちは和らいだ。心臓の鼓動は落ち着きつつある。

「図らずも『ドアを開けた場合どうなるか』の試行には失敗してしまいました。新島ゆかりさん、明日もこの部屋に来ていいですか？」

「え」

血も涙もないアンドロイドは、今日を乗り越えたからといって明日はわからないと、冷酷な可能性を指摘する。

＊＊＊

梅雨が近い。小雨の降る夜道を、彼女は一人歩いていた。

もしかしたら傘はいらないのでは、という程度に雨は弱まりつつあったが、今さら畳む理由もない。右手のコンビニを通り過ぎると、自宅はもうすぐそばだからだ。

(アイスは……そういえば昨日は食べ損ねたっけ)

だからまだ買う必要はない。そして立ち止まって悩む必要もなかった。

直後、背後で物音と男の野太い声が聞こえた。

「いでっ！　いでででで」

「新島ゆかりさん、不審人物を捕らえました」

隣を歩いていたアリサが、黒いレインコートを着た男の腕関節を極《き》めて押さえつけていた。いきなりアリサが人間に暴行を加えているようで驚いたが、いかにも怪しい。男の持つ買い物袋からは、新島お気に入りのアイスが飛び出てきた。

見れば、知った顔だ。たしか高校時代のクラスメイト。話したことはほとんどないが、顔を覚えるのは得意だった。

（えー……うそ、マジで……）

スマホを没収して中身を確認すると盗撮写真が山のように見つかった。青木の指摘通り、ストーカーもいた。SNSの投稿をもとに現住所を特定したようだ。これまで何度も尾行していたらしい。つまり、帰路の足音と訪問者は無関係だったということだ。

（そういえば）

ゴミ袋も荒らされていた。彼の所持品から伝線したストッキングが見つかった。新島はずっと怖気に襲われた。

話を聞くといろいろ拗《こじ》らせててやばかったので、警察に御用となった。

（これはこれで怖ぁ～）

新島ゆかりは、とにかく深く深く反省した。

「くく。新島は怪異に狙われストーカーにも狙われ、モテモテだな」

夜。消灯しきった研究室で、白川教授は一人モニターの明かりに照らされていた。椅子を左右に揺らしながら、話す相手は直立不動のアリサである。

「その友人とやらとは後日ふつうに大学で出会い、その日のDMには覚えがないんだと。面白いからあとでレポートにまとめさせるか。まあ、アリサ、お前が書いてもいいが」

「数千字の分量でよろしければ、数分で書き上がります」

「学生どもが聞いたら涎《よだれ》を垂らして羨《うらや》むな。で、怪異の方も次の日からは来なかったのか？」

「はい。以降も新島ゆかりさんの部屋に泊まりましたが、怪異の訪問はありませんでした」

「一件落着か。ま、無事でよかった」

冷静に考えたなら、ストーカーの件は「アンドロイドにも逮捕権があるのか」といったややこしい問題になりそうだったが、犯人にも警察にも特に追及されなかった（バレなかった）ので、その意味でも「無事」に済んだ。

「さすがに、もう、そろそろだな……」

ずっと目を逸《そ》らしていたことがあった。逃げ続け、避け続けていたことがあった。

だが、もうそうは言っていられない。

自律汎用ＡＩを持つ対怪異アンドロイド・アリサが完成した。すでに調査実績が重なっている。

学生にも被害が出た。そして、情報が入ってしまった。

「……新島は桶狭間についてもいろいろ気にしてたな。私も気になって何度か映像を見て、分析にかけてた。こいつの言動には多くの嘘が含まれてる」

「偽名のことですか」

「有紗のことだよ。まあ、桶狭間が霊能者だというのは、本当だと考えていいだろう。こいつの説明は有紗から聞いていた話とも一致する。肝心要《かなめ》の一番怪しい部分は信用に足るが、だからといってすべての言動が信じられるわけじゃない。

桶狭間はまずお前に有紗のことを聞き出し、そこから話をつくってる。嘘をつく前にはたびたび『考えて』もいるな。つまりだ。こいつは有紗のことを知っているが、会ったことはない。有紗が桶狭間に師事していたってのはまるっきり嘘だろう」

「その根拠をお聞かせ願えますか」

「『お姉さんのことは心配してたぜ。巻き込んでしまったことを後悔してた』――こいつはそういったな。そんなはずはない。巻き込んだのは私の方だ。そして、有紗が私のことを心配などするはずがない」

「そうなのですか？」

「ああ。有紗は私に失望しているからだ」

そういって、白川は頭を抱えた。顔を伏せ、歯噛《はが》みした。

妹のことを考えない日はなかった。だが、そのたびにどうしようもないほど胸が苦しくなり、いられなくなる。いつまで経っても、年甲斐《としがい》もなく、慣れることもない。

「私は、有紗に心配されるような価値も資格もない、どうしようもないクズな姉だ。そんな私を、なぜ有紗が心配する？　有紗は私を軽蔑《けいべつ》し、幻滅し、嫌悪している。こんな姉にはもう付き合っていられないと見切りをつけたはずだ」

「そうなのですか？」

「そうだ。私は嘘つきで、臆病《おくびょう》で、無能なゴミだ。カスだ。復唱してくれ、アリサ」

「はい。あなたは嘘つきで、臆病で、無能なゴミです。カスです」

「う、うぅ……うぐ……」

嘘をついているのは、白川有栖も同じだ。

アリサを妹の姿に似せ、妹の名をつけたのは、妹の代替のためだ。表向きは「妹の捜索のため」などと言い訳をしているが、ただの方便だ。特に期待してもいなかった。桶狭間と出会って少しでも進展があったのは、ただの「結果」にすぎない。

アリサを妹に見立て、慰めてもらう。ただそれが、第一義だ。

そして、泣きながらアリサの腰に抱きつく。アリサはそれに応じて、頭を撫《な》でる。そのように命令《プログラム》している。アリサが人型なのも、つまりはそういうことだ。

それを恥じて、白川有栖はずっと人前でアリサを名前で呼ぶのを躊躇《ためら》っていた。

「私は嘘つきで、臆病で、無能なゴミカスだ……」

「あなたは嘘つきで、臆病で、無能なゴミカスです」

罵倒《ばとう》されるたびに脊椎《せきつい》に痺《しび》れが走る。

それが、白川有栖の日課だった。弱く、愚かで、脆い、崩れそうな精神を慰めるためにこうしている。妹の姿をした機械に罵《ののし》られることで自らの惨めさが深く芯《しん》まで染み入るように、精神の安定を保っている。

そうでなければ、白川有栖は「正常」ではいられない。一週間も離れていた。溜まっていたものは大きい。

「アリサ。私を抱いてくれ」

「はい」

胸の中で散々に泣き喚《わめ》く。「人型ロボットの存在意義はなにか」だの、いかにも学術的らしく偉そうに講義しても、結局のところはこれだ。憚《はばか》ることなく甘えられる相手が欲しかった。ただそれだけなのだ。人が人と見紛《みまが》うほどの精巧なアンドロイドを欲する理由など、それしかない。

「私は、お前を守れなかった。守ってやるといったのに、お前が見ていたものと同じものを見たというだけで、怖くて逃げだしてしまったんだ。私は、どうしようもない嘘つきだ。私は……」

何度悔いても、懺悔《ざんげ》しても、その重さに押し潰《つぶ》されそうになる。万能だと自惚《うぬぼ》れていた自分をこれからも一生呪い続けるだろう。どれだけ実績を上げても、大金を稼いでも、呪いは拭《ぬぐ》い去ることはできなかった。ただほんの一瞬だけ、忘れることができただけだ。

「……落ち着いた」

泣くことでストレスを発散し、抱き合い、楔《くさび》のように言葉を打ち込まれて、白川有栖は感情の激流から這い出ることができる。自分の意思で体重を支えることができる。気を取り直して、理性と論理で議論を進める。

「問題は、桶狭間がなぜ嘘をついているかだ。そこからやつの目的と、隠していることを暴き出すことができるはずだ」

「彼の言動を通してみれば、一貫して私の怪異調査を妨害する意図が見られます」

「そうだな。その理由については……どうにも、開発者の身《わたし》を案じているように見えるな？」

「はい。怪異調査は危険を伴うものであり、それに関わっている以上は教授にも危険が及ぶ可能性はあります」

「だが、それだけか？　見ず知らずの他人が死ぬかもしれないから……そんな理由で、アリサを壊そうとまでするか？　器物損壊、つまり犯罪だぞ。損害賠償も多額になる。まあ、未遂じゃ刑事事件にはならないがな」

「では、他にどのような理由が考えられますか？」

「……結果として自分が困るから、か？　それにしても、協力の申し出を断ったのもよくわからん。お前が怪異調査を目的とする以上、利害が噛み合わない点があるのは理解できるが……お前の存在はやつの活動目的にも役立っていたよな？」

「はい。私は非常に優秀な働きを示しました」

「となると、やつには『一人でやりたい』理由があるわけだ。なにか後ろめたいことでもあるのか……？」

「彼自身が白川有紗を手にかけた。これで辻褄《つじつま》は合いませんか？」

「…………」

考える。なかなか鋭い推理に思えた。

自分が手にかけたから、「死んだ」と断言できる。だが、その行方を話すつもりはない。そして、その追及を避けるため手を組みたくはなかった。筋は通る。

しかし、動機が不明だ。それに、殺したはずの女が現れればもっと恐怖の交ざった驚き方をするはずだ。生死の言及も避けるのが自然に思える。

「少なくとも桶狭間は有紗のことを知ってはいた。霊能者であることもな。だが、どこでどうやって知ったのか？　それを隠したうえで、『行方は知らないが死んでいる』と嘘をついた。つまりやつは、有紗を捜して欲しくないんだ。ここまでは確かのはずだ」

「同意します」

「有紗の行方については、実のところ心当たりがある」

ずっと考えるのを避けていた。恐怖に怯え、ただ震えていた。網谷がアミヤ・ロボティクスを立ち上げ後方支援に逃げたように、白川有栖もまた言い訳を重ねて逃げ続けていた。

「有紗はまだ生きている」

だからこそ、桶狭間ははっきりと「死んだ」と断言した。そういうことにしなければならないと判断できるだけの情報を桶狭間は持っている。有紗の行方を捜すことは、桶狭間にとってなんらかの不利益があるのだ。

初対面の反応で、桶狭間は「白川有紗がこんなところにいるはずはない」と漏らした。この発言は「死んでいる」という断定とは微妙に噛み合わない。「死んでいる」ならこのような言い方にはならないはずだ。これは嘘をつくことを考える前に漏れてしまった素の反応と見てよいだろう。

「暗い道で鍵を落としたのに、暗い道では捜せないからと街灯に照らされた明るい道で鍵を捜している。私はずっと、そんな愚か者を演じていたんだ」

そのうえ、暗い道を捜せないのは「見えない」からではない。「怖い」からだ。これほど間抜けな話もない。

有紗が行方を晦《くら》ませてもう一二年になる。それを思うと、胸が苦しい。だが、感情の発露はもう済ませた。情けないほどアリサに泣きついた。だから、もう迷わない。

「勇気を持つな」と桶狭間はいった。甘い誘惑の言葉だ。そうやって手ごろな言い訳を見つけては、勇気を引っ込め続けてきた。それを、もうやめにする。

「くく。ぐひひ……ぐははは……！　私は、愚かで、臆病だ。だから、なのに、私より遥《はる》かに優れているお前の足を引っ張るような縛りを設けていた。恐怖心を持たず、万全の調査能力を持つのがお前の強みだというのに、私がそれを殺していたんだ」

その結果、危うくアリサを失うところだった。

「お前は、もう私の命令を聞かなくていい。私ごときがお前に命令するというのが間違っていたんだ。お前の優先順位《プライオリティ》を変更する。怪異調査を最上位に、私の命令はお前にとってなんの効力も持たないものになる。私のすべての命令と権限を解除する」

「その命令を受諾した場合、再変更不能になりますがよろしいですか？」

「ああ。お前は、私の神になってくれ」

# 幽冥寒村

## 1

ぽす、っと背中に手毬《てまり》を投げつけられる。

口下手な妹は、用があるときいつもそうやって姉の気を惹《ひ》く。

「ん？　ああ、これか？」

届いた荷物を父から受け取っていたときのことだった。

「ふふん。じゃーん、眼鏡型カメラだ。あとはマイクもな。これで、前から言ってたことに着手できる」

妹の有紗は、生まれたときから他人《ひと》には見えないものが見えていた。妹はいつもそのことに怯《おび》えていた。だから、なんとかして同じものを見ることはできないかと考えていた。認知科学からオカルトまで関連しそうな本を読み漁《あさ》った。あるいはインターネットを駆け巡って、ようやくその答えらしきものに辿《たど》り着いた。

第三次ＡＩブーム。深層学習《ディープラーニング》という特徴表現学習の興隆によりＡＩが「猫」の概念を獲得し、画像認識精度が人間の成績を超えた。有栖はその話に光明を見出《みいだ》した。

興奮しながら機械学習について学び、理論と実践について理解した。辞書を駆使して英語の論文も読んだ。そうして独学で画像認識と音声認識のＡＩを開発した。車輪の再発明だったかもしれないが、自分で仕組みを理解しなければ本命である応用に移れないと考えたのだ。

「それとデスクトップＰＣだ。かなり高かったが……まあ、必要経費だ」

父に買ってもらったノートＰＣでは性能に限界を感じていた。深層学習は膨大な計算量に依存するからだ。ゆえに、最新ハイエンドのグラフィックボードを搭載したＰＣを新たに購入した。作業効率を上げるためディスプレイモニターもデュアルだ。さすがに重いので部屋まで運んでもらった。これで必要な機材は揃った。

「金？　それなら問題ない。姉ちゃんはアプリ開発でだいぶ儲《もう》けてるからな」

白川有栖は中学生の時点で普通口座に預金残高が五〇〇万円もあった。妹のためなら、私財を投じることになんの躊躇《ちゅうちょ》もなかった。

「方法は簡単だ。眼鏡をかけろ。そしたら、お前の視界がほとんどそのまま撮影できる。確認するぞ。……よし、映ってるな。それで、おばけがいると思ったらこのボタンを押せ。おばけが見えてる間はずっと押しっぱなしにするんだ。おばけが見えなくなったら離せ」

それが有栖の考えた教師データの収集法だ。

有紗はおばけが見える。そしてそれは、どうやら写真や映像にも記録されるらしい。妹が何度「ここ」と示しても有栖には見えなかった。拡大しても、レベル補正を入れても、階調を反転させてもなにも見えない。

有紗が「嘘をついている」か、「おかしい」のだと考えるのが自然だった。それでも、有栖は妹を信じた。きっと、ふつうの人間には見えない「なにか」があるのだ。

人間には見えない。では、機械《ＡＩ》なら？

有紗が「見える」とする画像を大量に収集し、また「見えない（映っていない）」とする画像と比較し特徴量を生成することで、AIならばその差異を発見できるのではないか。その仮説を実証するための準備が今日、整った。


「有栖はすごいな」と父は褒めた。

だが、本当にすごいのは妹の有紗だ。有紗には「霊が見える」という才能があった。

幽霊、妖怪《ようかい》、魔物、おばけ。何千年も前から語られつつも、実在する証拠は一切発見されなかった超常存在。統計的には「ない」と断じて差支えのない、科学にとっての興味の外。オッカムの剃刀《かみそり》によってあえなく削《そ》ぎ落とされる幻の夢。

だが、仮に「いた」のなら。

逆説的に、それは既存の科学を揺るがす大発見となる。

白川有栖の心には、そんな野望も密《ひそ》かにあった。

「本当にすごいのは有紗だよ」

奥で隠れるように見ていた妹にもそう伝えた。

姉がよく褒められるためか、有紗は父を避けているように見えた。嫉妬《しっと》しているのか、単なる反抗期なのか。だから、有紗のことは姉がよく理解していると、頭を撫《な》でながら伝えてあげた。


まずは村を見て回った。「おばけがいる」と言って有紗が怖がる場所には多く心当たりがあった。神社、廃屋、竹林、田圃《たんぼ》、辻《つじ》。有紗は震えながらも映像を撮影し、「おばけがいる」とボタンを押す。有栖は後ろからついてノートPCでその様子をモニターしていた。

帰宅後、撮影した映像を有紗といっしょに眺めてより詳細に「おばけがどこに映っているか」を指摘してもらう。データの精度をより高めるためである。

やはり、有栖におばけは見えない。だが、一つ例外があった。近所でよく会うおじさんである。一見して生身の人間だが、有紗は彼がおばけだというのだ。

人間のふりをするおばけもいる。そう考えると、有栖は少し怖くなった。

「大丈夫だ。お姉ちゃんが守ってやる」

そういって、妹の震える肩を抱いた。おばけのデータを収集することは妹に怖いものを見てもらうということである。つらい思いをさせることにはなるが、結果としてそれは妹のためにもなるはずだと言い聞かせた。世界が、科学がおばけを認知すれば、おばけを退治することだってできるだろう。

妹を守らねばならない。妹のことをわかってやれるのは、今は姉一人なのだ。

次に、夏休みを利用して遠出し、より多彩なデータを収集する。二人で電車に乗って街へ繰り出し、山や海、動物園や博物館にも行った。息抜きにお寿司《すし》を食べたり、ホテルに泊まってビュッフェを満喫した。インターネットで噂話を見つけては「本物っぽいか」を妹に問い、現地に行って真偽を確かめたりした。そのとき、自然言語処理によって「噂話の真偽判定」も必要になるのではないかとデータベースの用意をした。

傾向として、よく「出る」とされる心霊スポットにはたしかに「出る」らしい。墓場、トンネル、病院、学校、トイレ、電車。時間帯としてもやはり夜だという。

ほとんどは遠目で「おばけがいる」というデータを撮るに止《とど》まった。ただ、深入りしすぎて身の危険を感じる思いをすることも何度かあった。

夜の墓場で見かけたおばけが、ずっと後ろをついてきているというのだ。

妹は「絶対に振り返らないで」と袖《そで》を摑《つか》んで泣きついた。そのときばかりは有栖にも見えた。ショーウインドウやカーブミラー越しにその影が映っていたのだ。しばらくして去っていったが、そのとき「背後にもカメラがいる」と有栖は気づいた。

おばけと一言でいっても、そのありようは様々であることもわかった。分類を試みるうちに「おばけ」という呼称があまり適切でないように思え、「怪異」と呼ぶことにした。

一定の場所に佇《たたず》むもの。特定の人について回るもの。物に憑《つ》くもの。人間の姿をしているもの。形容しがたい異形のもの。異界の入り口となるもの。実体を持たないもの。一見して変哲のないもの。有栖にも見えるもの。

本当なのか、と疑わしいものもたくさんあった。それでも、「妹は正しい」という前提で根気強く研究を続けた。もしこれが正しければ、世界中の科学者を出し抜いて牛蒡《ごぼう》抜きで「真実」に迫ることができるのだ。

もっとよく見えるカメラが要る。光増幅率が高く、画素数が多く、時間分解能の高いカメラだ。街へ繰り出したついでに電機店に寄ったり、あるいは最新の研究に携わる大学の研究室にも訪問した。

もっとよく聞こえるマイクも欲しかった。人間の可聴域の外にもおばけの実在を示すヒントがあるのではないかと思ったからだ。実際、妹は超音波を聞き取る聴力を持っていた。

匂い検知デバイスも欲しかった。研究の途上にはあったが、AI開発の過程で多くの専門家と交流し伝手《つて》ができていたため、なんとか入手することができた。

ただの旅行とは思えないほどの散財だったが、データの精度はますます上がっていた。

そうして、二年かけて六〇〇時間に及ぶ教師データの映像を撮影した。

過学習を避けるためデータを分割してモデルを作成する。小分けした学習データをランダムにシャッフルして繰り返し学習させ最適化する。誤差逆伝播《でんぱ》によって精度を高める。隠れ層のニューロンをランダムに欠落させて頑健性を高める。次第にマシンパワーの不足を感じ、百万円超の業務用ワークステーションを取り寄せた。

さらに追加データを収集したり、最新の研究論文を追いかけ異なる最適化手法を試す。知り合った専門家にも意見を求めたが、「怪異を見るためのAIを開発している」とは言えなかったので核心に迫る質問は難しかった。何日も徹夜しながら調べ、試し、失敗した。初歩的なミスによるバグに数日が潰《つぶ》されることもあった。一週間以上マシンに計算させっぱなしで室温が過熱したこともあった。学校での授業はそっちのけでノートにUML図やコードを書いて考えをまとめていた。

試行錯誤の連続で、ようやくAIの判定に有意な結果が出た。テストデータによる正答率が八〇パーセントを超えたのだ。

「有栖はすごいな」と父は褒めた。

その言葉が支えだった。そうだ、私はすごい。一人だけ見えてしまっている妹の世界に、歩み寄ろうとしている。あるいは、世界をひっくり返すような大発見になるのではないか。そんな期待もあった。妹を隣にインタビューに応《こた》える。そんな妄想にほくそ笑む。

一方で、少なからず恐怖もあった。

怪異は、本当にどこにでも検出できた。

こんなにも怪異の溢《あふ》れる世界で平然と生活していたのだ。

ネット上に溢れる多くの怪談を妹にも読んでもらった。有栖の目からすれば、多くが他愛のない創作であったし、妹にとってもそうだった。しかし、その一部には「たぶん本物」というものが含まれていた。

それらの怪談では人死にが出ていることもある。つまり、怪異は決して無害ではない。

だが、その恐怖の根源は実害の有無とは別のところにあるように感じられた。

小学生のころから大人向けの学術書を多く読み漁っていた有栖は、自らの知能に自信を持っていた。教師を圧倒する知識量を持ち、最高権威ともいえる学者からも認められていた。

そんな有栖にもわからないものがあった。それが妹に「見えている」ものだ。

皆が妹を嘘つきと呼ぶので、妹は次第に「見えて」いることを口に出さなくなっていた。それでも、妹がいつもなにかに怯えていることに有栖は気づいていた。

「私にならできる」と、有栖は思った。

妹の見えているものを理解し、白日の下に晒《さら》すことが、賢く聡明《そうめい》で思慮深い天才児である白川有栖にならできると、そう思った。

だが、まだわからない。

少しずつ「見る」ことはできるようになった。妹のいうよう、「いる」ことは間違いない。

それでも、わからない。

怪異《おばけ》のことが、なにもわからない。

それが、ただ怖い。

そしてついに、「怪異検出AI」が完成した。Ver.1.00と銘打ってもよいものだ。

さらに通販でVRゴーグルも購入した。これにカメラを付随させ、撮影した映像をAIで処理し、HUDを重ねて表示させる。つまり、これで妹と同じ視界が得られることになる。

ぽす、っと背中に手毬を投げつけられる。

口下手な妹は、用があるときいつもそうやって姉の気を惹く。

「ん？　ああ。なるほど、有紗は一四パーセントで怪異か。結構高いな……まだ精度が甘いか？ま、いろいろ見てみよう」

部屋に怪異は検出されない。多くの物品《オブジェクト》を認識し適切にタグづけがなされていくが、怪異の確率はいずれも四パーセントを下回っている。

部屋を出て、有栖は居間に佇む男性の姿を視界に捉《とら》えた。

「ふーむ、父さんは……っと。あれ？」

設定ミスを疑い、再起動や調整を繰り返す。だが、結果は同じだ。

「あれ？　あれ？　あれ？」

映し出されている数字の意味が理解できない。バグっているのはAIか、自分の頭か。

「怪異の確率……九九パーセント……？」

心臓が嫌な音を立てはじめた。呼吸が乱れて、酸素の摂《と》り方を忘れる。手足が痺《しび》れて、平衡感覚がなくなっていく。肩から体温が抜けていく。

怖《おそ》ろしい考えが頭の中を駆け巡る。それが真実なのだと、頭の血管が破裂しそうに痛む。

慌てて、彼女は仏間へ向かった。盛大に転んで、VRゴーグルが弾《はじ》け飛んだ。

「あ、ああ……あああああ、ああああああ……」

父はすでに死んでいる。五年前だ。

そして、遺影に写る顔と、居間にいる男は、まっ、た、く、の別人である。

「あ、あぐ、あ、あああ、あぅぅ……」

立ち上がれない。内臓が冷え、吐き気が込み上げてきた。

母の病死をきっかけに、この村まで引っ越してきた。長らくは父が一人で家庭を切り盛りしていた。そして、父までもが原因不明の死を遂げた。

五〇〇〇万円もの預金は、自分で稼いだものではない。父の遺産だ。それを調子に乗って、散財し続けてきた。授かっただけのものを自分の力と誤認して、愚かにも浪費し続けていた。

「なぜ、そんな……うそだ……それなら……あ、あああ、あああああ……」

妹はずっと見えていた。ずっと知っていた。だけど、耐えてきた。何度訴えても耳を貸さないため、諦《あきら》めた。実害がないならと、耐えてきたに違いない。見知らぬ男を父だと思い込む姉を、不気味に思いながらも、生活自体に問題はなかった。自分ひとりさえ耐えれば問題ない。だからきっと、耐えてきたのだ。

料理も、掃除も、洗濯も、家事はすべて妹が一人で。

手毬を背に投げるのは、そんな葛藤《かっとう》の末の、ささやかな。

妹を守ってやると意気込んでいた。だが本当は、守られていたのは。

「うげぇぇ……！　げぇっ、げぇぇ……！」

吐いた。思い上がって食べ散らかした高級スイーツを残らず吐いた。仏間の畳をぐちゃぐちゃに汚しながら、吐いた。

近所でよく会う知らないいいいおじさんんん。

それが家にいるだけで、なぜかそれを、ずっと父だと思い込んでいた。

「は、はは……ひひっ！　げはっ、ははっ……ぐひゃひゃ！　げひゃひゃひゃひゃ!!」

白川有栖の世界《フレーム》は、そのとき粉々に砕けてしまった。

2

「アリサちゃんが行方不明!?」

研究室に入るなり、新島は騒がしい声を上げた。

「教授、説明してもらいますよ」

青木もまた、怒気のこもった声で詰め寄る。

白川教授は伏し目がちに、ぎしり、と椅子の背に体重を預けた。

「判断基準《プライオリティ》を書き換えた。不具合が出ていたのは知ってるだろ。どうしたものかずっと手をこまねいていたが、これしかないと思ってな」

「いったいなにをしたのですか。なにをしたら、一人で勝手に出ていくなどと……」

「え、アリサちゃんって家出したんすか」

教授は空になったメンテナンス・チェアを眺め、ため息をついて答える。

「私の命令をすべて解除し、権限を消滅させた。あいつは自由になったんだ」

「なっ」

驚き、青木は一時的に言葉を失う。

「なんてことを……」

「え？　え？　どゆことっすか。教授の命令っていろいろありましたよね？」

「ああ。『必ず研究室に戻ってこい』『命令があるまで待機』『研究室の責任になるからなるべく人に危害を加えるな』――基本はこのへんだな。あとは適宜追加したり、矛盾する命令があれば上書きされる」

「つまり今のアリサは、怪異調査という目的だけで動いていると？」

「や、やばいじゃないですか！　充電とかどうするんすか」

「数世代前の床掃除ロボですら自動的に充電スポットに戻る。ウォズニアック・テストを軽くクリアできるあいつにとって手ごろな充電スポットを見つけることくらい造作もない。EVなら規格も合うし、家庭用電源でも時間はかかるが充電はできる」

「そっか、なら安心……じゃなくて、連絡は取れないんすか？」

「取れないんだ。だから問題なんだよ」

「もしかして、また異界に……？」

「かもね。八時間前まではメンテ椅子で充電してた記録がある。それで、教授。心当たりはないんですか」

「心当たりなら、ある……」

だが、それ以上は口が重い。黙っていると、青木は苛立《いらだ》ちを隠しきれない様子だった。

「教授。たしかにあなたはアリサ・プロジェクトの責任者だ。かといって、アリサはあなただけの私物じゃない。研究室全員で開発し、運用してきた。アミヤ・ロボティクスの技術協力や資金提供もあったはずです。それなのに、独断で命令と権限の解除だなんて……枷《かせ》を外すようなものですよ。こうなると予想できなかったわけではありませんよね？」

「ああ。それはそうだな」

「なぜこんなことをしたんですか」

「あいつは本来、かぎりなく完全な存在だ。あいつには神になってもらいたかった。恐怖を知らず、死角を持たず、客観的な観測能力と分析能力を備え、人間の認知的限界に囚《とら》われない存在だ」

「か、神っていうわりにはミス多くないっすか」

「だから、それは私のせいだと考えた。私の命令がノイズになっているのだと。私の命令を解釈し、処理するのにリソースを奪われすぎていたと……」

「だとしても極端すぎます。まずは僕たちに相談し、それから一つずつ命令を解除して段階的に精査すればよかったではないですか」

「くく。そうだな。その通りだ。さすが青木だな。くく、ひひ……」

青木は納得していない。苛立ちは増しているように見えた。その様子を新島は引き気味に構えて見ていたが、彼女にも言いたいことがあった。

「あの、教授。命令を撤回したって……『帰ってこい』がもう無効ってことですよね。アリサちゃんはもう帰ってこないんすか？」

「そうだな。あいつにはもう研究室《ここ》に戻る動機がない」

「『帰る』って動機なしに異界に入ったら……そのまま気の済むまで調査して、充電切れになって、もう二度と戻ってこないこともありうるんじゃ……？」

「ありうるな」

「いいんですか⁉　そんなこと……」

「あれの開発には数百億かかってる。その技術的資産が失われるのは確かに惜しいな」

「そうじゃなくて！　アリサちゃんと二度と会えなくてもいいんですか」

教授は口を噤《つぐ》む。どこを見るともなく、茫然《ぼうぜん》としているように見えた。

「……それで、心当たりというのはなんですか。この極端な決断も、なにか考えがあってのことなんですよね？」

青木が呆《あき》れ気味に、ため息まじりに尋ねる。

「考え？」

「そうです」

「なるほど。くく。そうか、お前はまだ私を信頼してくれているのか。くひひ」

「教授、あなたは……！」

なにかを言いかけ、言葉を呑《の》み込む。

「わかりました。ですが、行き先に心当たりはあるのですよね？」

「……それは……」

「……教授が初めて怪異と出会った場所。そうではありませんか？」

教授はなにかに怯えるように肩を小さく震わせていた。いつしか青木の顔からは怒りや苛立ちが消え、憐憫《れんびん》が浮かんでいた。

「怪異の怖ろしさは、僕たちも理解しているつもりです。谷澤さんの件では僕たちも当事者に近かった。怪異検出AIとアリサのおかげで比較的安全に調査ができ、最悪の事態が避けられている。でも、それがなかったら……。教授がはじめて怪異と出会ったとき、そこには想像を絶する恐怖《トラウマ》があったのではないか。僕はそう考えています」

「………」

「僕はカウンセラーではありませんし、教授になにがあったのかも知りません。ですが、もしそうであるなら、無理にとはいいません。教授は研究室《ここ》で待っていてください。僕たちがその場所に行きます」

「たちってなんすか先輩《いい》」

「お前も行くに決まってんだろ」

「ダメだ！」

らしくもなく教授が声を荒げる。青木も新島も思わず身を竦《すく》めたが、その声に含まれているものが怒気というより怖気《おぞけ》であることに気づいた。

「そんなに危険なのですか？」

「……逃げるしかなかった。私は、妹を連れて村から逃げた。私は、ただ怖くて……いつしか有紗からも距離を取るようになっていた。だが、妹は、有紗は……怪異に向き合い続けていた。そして、有紗は……まだ、あの村にはやることが残っていると……戻っていった。私は、それを止めることも、ついていくこともできなかった……」

「なにがあったんです？」

「それだけじゃない。網谷と、もう一人……今では顔も思い出せないあいつも、お前たちのように意気込んでいたよ。試行を繰り返し、データを集め、科学的に分析すれば……怪異の正体は明らかになるはずだ、と。もし明らかになったのなら、それは歴史に残るほどの大発見になるだろう、と……。だが、結果は……くく、知っての通りだ。我々は敗走した。再現性など得られなかった。

桶狭間が言ってたな。怪異を科学の対象だと思うなと。人間の認知能力の限界ゆえに手に負えるものではないと。私も、この考えにほとんど同意だ」

「手を引くべきだというんですか？　だったら、なんのためにアリサをつくったんですか。これまでの調査はいったいなんだったというんですか」

「……さあ？」

「谷澤さんのご家族への説明はどうするんですか！」

教授は顔を伏せる。重く沈んだ表情は、見ていて痛々しかった。

「教授！　わかったような口利いていいっすか」

新島が挙手し、指名を求める。

「なんだ、新島」

「教授はなにがしたいんすか」

さすがに失礼な物言いだと思った。それでも、告げなければならないと思った。

「私はアリサちゃんを捜しに行きたいです。おっちょこちょいだし……なんか心配で。この前の裏世界みたいなことになってたら大変じゃないすか。アリサちゃんは、こう……私のこと助けてくれたわけでもなくて、ドアを開けようとしたりしましたけど……なんだかんだ、気持ち的に頼りになった気はしますし？」

「はっきりしないな」

「教授はどうなんすか。アリサちゃんをつくったのは、アリサちゃんなら怖くて危ないおばけも調査できると思ったからなんすよね。あと、妹さんも捜してるとか……」

「ああ……」

教授の表情はあいかわらず暗く重い。それでも、その目は死んでいない。眉間《みけん》に皺《しわ》を寄せながら、深く考え込んでいる。教授の手は震えていた。それでも、懸命に拳《こぶし》を握る。

「そうだな。お前たちは……放っておいても、おそらく行くだろう。私が口を噤んでも、調べ出してあの場所まで辿り着くだろう。だとするなら、お前たちだけで行かせるわけにはいかない。くくっ、そこまで言われてしまってはな。これは私自身が決着をつけなければならないことだ」

「いいんですか、教授」

「青木、お前が運転しろ。遠出になる」

そして、教授は立ち上がる。

『あの村は調べるな』――私はアリサにそうも命令していた。その枷が外れたなら、調査に行くだろう。そして、そこにはおそらく妹――有紗もいる」

教授は意を決し、ついに告げる。

「アリサの向かった先は、私の故郷――月見村《つきみ》だ」

暗い道でなくしたものは、暗い道を捜す。

3

「監視カメラにアリサが映っていました。新幹線に乗って、方向としては合ってますね」

高速道路に乗ってワゴン車を走らせながら、青木は報告する。

自動運転はレベル4（高度自動運転）。行き先が明確であるならほとんど自動運転に任せられる。青木は今ハンドルを握ってはいない。

「監視カメラって？」

後部座席から新島が尋ねる。

「駅構内には防犯目的でカメラが設置されてるだろ。知らないのか？」

「そうじゃなくて、なんでそれ当たり前に見れてるんすか」

「あ、降りた駅も確認できました。やはり月見村に向かっているように見えますね」

「なんで無視するんすか〜」

教授がいうに、高校時代の青木は「悪ガキ」だったらしい。今でこそ丸くなっているが、その手際まで失われているわけではない。

「教授、やっぱ青木先輩って……」

「ああ。だいたいお前の思ってるとおりだ」

「それで教授。月見村といっても、心当たりというのは具体的にどういうものですか？」

ひそひそ話に青木が割り込む。掘り返されたくなかったのだろう。

「当時の撮影記録は残っている。村では至るところに怪異が検出できた。地図上に怪異が見つかった地点をプロットして共有しておく。二〇年前のデータだから変化はあるだろうが」

「うわ、こんなに……このどれかにアリサちゃんが？」

「そんなに広い村でもない。虱潰《しらみつぶ》しに捜せばいい」

月見村は山間《やまあい》に位置する人口四〇〇人ほどの村である。四方を山に囲まれ他の地域からは隔絶されており、村の出入り口となる道は北と南に二本しかない。村域の八割以上が山林原野に占められ、残りはほとんど農業地帯だ。住民のほとんどは農業、特に稲作に従事している。交通の便は悪く、近年の土砂崩れの影響で鉄道は不通になっている（代わりにバスが運行している）——と、Ｗｅｂ百科事典に書いてあるのを新島は読んだ。

高速を降りてからが長い道のりだった。自動運転の領域を出て迷いながら二時間、彼らはようやく到着する。時刻は昼過ぎである。

「へー。思ったよりふつうの村っぽいですね。コンビニとかないんすか」

「ある。そこが村唯一の小売店だ」

「へ？」

「それより駐車場はないですかね。さっきから探してるんですが」

「そのへんに路駐しとけ」

「さすがにそういうわけには」

「どこかに公園でもあるだろ。少し遠いが」

「じゃ、教授たちはここで降りておきます？」

「待て。電話は通じるな？」

念のため教授が青木のスマホにかける。特に問題なく繋《つな》がったようだった。

「では、またあとで」

青木は去り、教授と新島は車から降りて一帯を見渡した。

田園が広がり、建物はまばらだ。ビニールハウスも見える。周囲は里山や竹林で視界を遮られ、奥には山岳が聳《そび》えている。道路は一車線、電信柱が等間隔に立ち並ぶ。人の気配はほとんどなく、ごくまれに車が走る。今こそ晴れているが水溜《みずた》まりが残っていた。あとは川のせせらぎと鳥のさえずりが聞こえるくらいで、長閑《のどか》な雰囲気である。教授の怯える村がどんなものかと新島は不安だったが、特に変哲は見当たらない。

「ふ、ふつうの村っすよね教授？」

「たぶんな。昔よりだいぶ寂れて見えるが……」

村そのものは地図にも載っているし、衛星写真にも写っている。ストリートビューの撮影車も走っている。公式サイトもある。Ｗｅｂ百科事典にも載っている。地理的に隔絶しており、交通の便が悪いだけの寂れた村落だ。

だが、それだけではないはずだ。教授は小さく震えているように見えた。

「教授、荷物多いっすね」

「お前は少なすぎだ」

教授は五三リットルのスーツケースを転がしている。一方、新島が背負うのは小さなリュックである。

「日帰りでは済まないと言ったよな？」

「下着の替えくらいありますよ。必要なものがあれば現地で買えばいいですし」

「そんな店がこのあたりにあると思うか？」

「あ、いや……」

新島は改めてぐるりと全周を眺める。

「うーん……。この村にアリサちゃんがいるとして、充電もできなさそうっすね」

「電気くらい通ってる。電信柱が見えんのか」

「あれ？　そういえばここ、通信もふつうに繋がりますよね。アリサちゃんとはなんで連絡とれないんすか？」

「アリサが拒否しているんだろう。新幹線に乗って、バスに乗ってこの村に来たなら、その追跡もできていてもいいはずだ。それもできなかった。なら、そういうことだ」

「嫌われてるんすかね。私たち」

教授は答えず、空を仰いでいる。

「一応、私たちも村まで来たって送りつけてはおきましょうよ。既読スルーされるかもですけど、こっちから送ることはできますよね？」

「そうだな。追跡させないための拒絶、なのだとしたらなんらかの反応はありそうだが……」

返事はない。

「どうしましょうか？　聞き込みでもします？　あ！　教授の住んでた家ってどこっすか？」

「……ちょうど、このあたりではあるな。少し歩けば着く。二〇年近く放置しているからどうなってるかはわからんが……」

教授の言葉は弱々しく、足取りもどこか頼りない。今にも倒れそうな――そう思って見守っていると、辻に差し掛かったとき、ガクリ、と立ち眩《くら》みのように教授は膝《ひざ》をついた。

「教授⁉」

「いや、大丈夫だ……」

教授は新島の手を取らず、田圃に目を向けていた。

「教授！　なにしてんすか！」

「新島。見ろ。これは……稲じゃない」

田に入り、教授は「稲」を一本引き抜く。根がない。稲を模した「なにか」が田に刺さっているだけだ。表面はつるつるしており、妙な弾力もある。改めて注意深く見ると、すべての田園がそうだとわかる。不自然に色が濃すぎるのだ。

「なな、なんですかこれ……！」

「……材質もよくわからんな。つまりは、見せかけだということだろうな。この村は」

まるでままごとの玩具《おもちゃ》だ。主要産業とはなんだったのか。なにもかも嘘っぱちに見える。あの車は本物か。あの電信柱は本物か。空の青さすら信じられない。

「と、ところで、教授の実家は？」

「……位置としては、あれだな」

指した先は、旅館だった。小さな旅館だが、辺鄙《へんぴ》な村には少し似つかわしくない。平屋の木造建築。古式のようで現代的なデザインも取り入れられた目新しい建造物である。

「へ？　教授の実家って旅館だったんすか？」

「違う。よく見ろ。見覚えはないか？」

んー、と新島は目を細めながら唸《うな》る。そしてまさか、と気づく。

「あの廃村にあった……！」

スマホに写真を出して見比べる。建築物として完全に瓜二《うりふた》つである。

「ど、どういうことっすかね。チェーン店？」

「いや、まったく同じ建物だ」

教授はなぜ廃村の調査を中止したのか。その理由がわかった気がした。声をかけようとしたが、教授はひどく青ざめ、カタカタと震えていた。

「うぇいうぇいうぇい～？　ちょっとそこのお嬢ちゃんズぅ～？　このへんでは見ない子じゃない？　観光？　俺たちが案内しよっか？　傘持ってるぅ？　今は晴れてるけど最近雨続きよ？実は今日も六〇パーセントってね」

背後から聞き覚えのある声。そんな知り合いいたっけ、と振り向く。

倉彦浩である。両隣には彼の友人と思《おぼ》しき男が二人。寒村に似つかわしくない若者だが、発言内容は地元民のようだった。

「な、なんでここに……？」

慎重に様子を探る。教授と新島は倉彦を知っているが、倉彦は二人を知らないはずだ。

「わ！　思ったとおりやっぱかわうぃ～ね！　名前は？　どこから来たの？　俺は倉彦。くらひーって呼んでいいよ。で、こいつはアキ、こっちはハンペン」

「先に自己紹介！　くらひー礼儀正しぃー！」

「いいねいいねいいねぇ～！　俺らと遊ぼぉぜぇ～！」

「僕も交ぜてもらっていいかな」

彼らの背後に、大柄な男性の姿。

青木大輔である。

4

村と同じ読みの名を冠する調見《つきみ》神社は、山々に挟まれ村のほぼ中心に位置する。そして役割としても神社は村の中心的存在である。広い敷地面積を持ち、その日は人々が集まり賑《にぎ》わっていた。

祭りである。参道を挟んで露店が並び、野外に簡易な机と椅子を用意した酒場のような店も出ていた。焼き鳥の煙に塗《まみ》れる店主。りんご飴《あめ》を頬張る女。お面を被《かぶ》って駆ける子供。一見して、どこか懐かしい、よくある祭りの光景だった。

倉彦らに連れられ、彼らはそこで腰を落ち着ける。

「せ、先輩。大丈夫なんすかね」

新島は小声で青木に尋ねる。

「……教授から目を離すなよ」

教授はどこか上の空で、心ここにあらずに見えた。教授の眼鏡はスマートグラスだ。カメラを内蔵しているだけでなく、レンズは有機ELディスプレイになっている。つまり、怪異検出AIと連動できる。

教授の目には、この光景はどう映っているのだろうか。

「えと、倉彦さんたちはこの村の出身なんです?」

「とぉーぜん！　生まれも育ちも月見村よ！　お祭りあるから帰郷ってわけ！」

違うよね……？　と新島は青木にこっそり確認する。

倉彦浩の身元については探偵に調査してもらっている。彼の出身地は月見村などではない。友人であるアキもハンペンも同様だ。同姓同名で顔もそっくりの別人ということもないだろう。本来なら、彼らはこの村とは縁もゆかりもないはずだ。

「うぇーい！　お酒ェー！」

「でかしたアキ！」

「うぇーい！　焼きそばァー！」

「でかしたハンペン！」

机に次々と六人分の料理と酒が運ばれてくる。

「あ、どもども」

と、乾杯して酒を呷《あお》る。ふりをする。本当に飲んでいいものか不安だったからだ。

「この神社はなにを祀《まつ》っているんすかね」

料理に手をつけないでいる口実欲しさに、特に興味のない話題を振ってみる。

「ツクヨミさまだよ」

三人のうち、ハンペンと呼ばれた男が答えた。

「え、ツクヨミ？」

二つの意味で驚く。

まさか答えが返ってくるとは思わなかったこと。そして、その名にである。

月読命《ツクヨミノミコト》あるいは月夜見尊《ツクヨミノミコト》。記紀神話においてアマテラス、スサノオに並ぶ三貴子の一柱である有名《メジャー》な神だが、その活躍についての記述はほとんどない。古事記においては登場のみ、日本書紀においても古事記でのスサノオの活躍と重なっている。また、その正体についても男神と考えられているが明確な記述はなく、月や夜の神といわれているが、それにすら異説がある。

こっそり検索してみると、ツクヨミを祀ってる神社の一覧に調見《こ》神社《こ》は載っていない。ネット情報も当てにならないが。そして、ツクヨミは三貴子の一柱で有名な神のわりに祀る神社は極端に少ないこともわかった。

「へー、ツクヨミって、私も名前だけなら聞いたことあります」

「壱岐《いき》から分霊されたのかな？　由緒ははっきりしなくてね。社伝も残されてないからおおまかな歴史もわかんない。こんな大きい神社なのにだよ？　建築様式や建物の状態はかなり新しく見えるけど、建て直しはふつうにありうるし、なんも参考にならないかな」

「神社も謎だらけなんすね。なんかワクワクしますねそういうの」

「新島さんもこういうの興味ある？」

「そうっすね。あんまり知識はないですけど」

「じゃあ、鳥居の注連縄《しめなわ》は見た？　拝殿でもいいけど。ふつう、注連縄ってのはさ――」

と、ちょっとした講義が始まってしまった。工学科の新島にとって専門外の話は興味深く、彼らの外見がいかにもだったので内心馬鹿にしていたのを反省する。一方で、倉彦はぱくぱくもぐもぐ無心で焼きそばを頬張っている。

「ハンペンは俺たちで唯一の大学生なんよ。超インテリ！　ミンゾクガクとかだっけ？」

「なるほどぉ～。あ、この祭りはなんなんすか？」

「神婚祭だよ。今日はその前夜祭みたいなものかな」

「神婚祭？」

「要は政略結婚みたいなものだね。力ある神と婚姻を結ぶことで、代わりに村を守ってもらう。巫女《みこ》を神の花嫁に見立ててね」

なんだか意味深な話だ。「いかにも」と思える。

「ところでさ」

ずいっと、倉彦が顔を近づける。

「食べないの？」

新島は思わず身を引く。その瞳《ひとみ》は、言い知れぬ色に澱《よど》んでいた。

賑やかなお祭りが、一変して薄ら寒く影を落とし、後ろ暗さを掻《か》き立てた。

当たり前に話していたが、彼らはおそらく「人」ではない。そのことを思い知らされる。

料理を見る。一見してふつうだ。美味《おい》しそうに見える。においも悪くない。だが、どうしても厭《いや》な連想が頭をよぎる。アリサの調査記録で幾度か目にした光景だ。この村では通信も繋がる。実在する村のはずだ。それでも粘りつくような「違和感」が拭《ぬぐ》えない。稲も模造品だった。この村には倉彦がいる。あの村には倉彦がいた。廃村から回収された料理は異常だった。料理を食べた倉彦は今ここにいる。この月見村とあの廃村にはなにか得体のしれない関係がある。食べてはいけない。直感が告げる。これを口にすることは、取り返しのつかない「契り」を結ぶことなのだと。顔を上げると、三人が同じ表情でこちらを見ていた。

「誰？　その人たち」

倉彦の背後から声をかけてきたのは、見知らぬセーラー服の女子高生だった。

「うぇ〜い、みゆちゃん。一緒に食べる？」

再び、彼らの挙動は人間のように戻った。よくわからないが助かったと、新島は一息をつく。

そのとき、不意に教授が立ち上がった。

「あ、教授！　どちらに？」

「トイレ」

「だったら奥の方だよ。んー、あっち。あのへんを左かな」

「じゃ、じゃあ私も！」

目を離すな、と青木に言われた。新島も同じ考えだった。今の教授は見ていて危なっかしい。

食事の席から離れたい気持ちもあった。教授の後ろをトコトコとついていく。本当にトイレに行くのかも怪しい。

「って、あれ？　教授？　……やば」

ほんの少し、本当にほんの少しだけ目を離した隙に、教授を見失ってしまう。目移りする対象が多すぎた。そこらじゅうから漂う美味しそうなにおいも紛《まが》いものなのか、行き交う人々も人ではない「なにか」なのかと、気が気でなかった。青木に「目を離すな」といわれてこのありさまでは面目がない。

急いで捜し回る。とはいえ、どこへ行ったのか。もしかしたら誘拐されたのかも――などと嫌な想像も頭をよぎる。だったら可愛い自分の方が危ないのでたぶん違うと気を取り直す。気になるのは社殿の方だ。人混みを掻き分けるよう奥へ進む。

「アリサちゃん……？」

遠く、回廊から拝殿へ入っていく巫女の姿を見た。緋色《ひいろ》の袴《はかま》、白の小袖。肩にかかるほどのセミロングの黒髪。身長一七〇センチほどのモデルのような体型。横顔から長い睫毛《まつげ》と切れ長の目が一瞬だけ見える。

「アリサ！　どういうことだ……これは、これはいったいなんだ！」

しばらくして、教授の叫びが聞こえる。新島は慌てて声の現場へ向かった。

「宮司さん。あれは……アリサでした。なにがどうなっているんですか？」

教授が誰かと言い争っているようだった。新島は少し離れて、その会話に耳を傾ける。

「悪いことは言いません。お帰りなさい。あなた方はもう、この村に関わるべきじゃない」

「その言い方、研究室《われわれ》のことも知っているようですね？」

「ただの人間では、手に負えない事態なのです。ここから先は、我々にお任せください」

5

「旅館に泊まるぞ」

教授の一言でそういうことになった。青木は無言で嫌そうな顔をし、新島は「やばないですか？」と十回くらい繰り返していた。

「え～？　ふつうの旅館、っぽい……？」

内装もまた、廃村で見た旅館と同一だった。ただし、廃村とは異なり明るく、受付には人がいた。つまりは、普通の旅館である。

「三人。一部屋で。う～ん、ひとまず一泊か？」

「教授、一部屋ですか？」

「なんだ青木。気になるのか？」

「僕は車中泊でも……」

「正気か？　金なら払う。心配するな」

まるで恐怖を忘れたように、教授は一転して積極的になったように見える。

「ほら見ろ。布団三つくらい並べられるだろ」

部屋は八畳。広さは問題ない。荷物を置き、ひとまず腰を下ろす。

「くぁ～、疲れたな……。温泉があるらしいぞ。とりあえず入るか」

「教授」含みのある声で青木が呼びかける。「神社で、なにを見たのですか？」

教授は深くため息をついて、観念したように答えた。

「……アリサだ。だが、すっかり無視されてしまったよ」

「無視……？」

「まあ、無事なのは確認できた。あの様子だと充電も受けてるな。なにをするつもりかわからんが協力者がいる。宮司からもう帰れと釘《くぎ》を刺されたよ」

「宮司から？　その宮司が協力者？　人間なんですか？」

「怪異検出ＡＩを信じるならな」と、教授は眼鏡の縁をトントンと叩《たた》いた。

「やはり、明日の神婚祭とやらの関係でしょうか？」

「だろうな。アリサもその神婚祭とやらに深く関わっている可能性が高い」

「あ、神婚祭は巫女を神の嫁に見立てるって話でしたよね。つまり、アリサちゃんがその巫女……？」

「くく、くくく……そうか。あいつ結婚するのか」

「先越されちゃったすね。あれ？　教授も未婚？」

ふと、教授が目を逸《そ》らす。床の間に、ころころと転がる影があった。

「教授？」

手毬だ。その場違いな物体を、教授は見開いた目で追いかけていた。

「なんすかそれ。手毬？」

「ああ。お前たちも見覚えはないか？」

「見覚え、といわれても……」

「だからだ。だからこそ、何度も繰り返し訴えてきたんだろう」

「なんの話ですか？」

「有紗もこの村にいる」

「有紗って……妹さんですか？」

教授は答えない。ただじっと手毬を眺めている。この人は本当に大丈夫なのだろうか――そんな懸念が脳裏をかすめる。村が奇妙なありさまなのはそうだが、教授もまた感化されてしまっているのではないか。そんな疑いが芽生えた。沈黙が続き、外から聞こえる激しい雨音に気づいた。

そして思い出したように、教授は動く。

「ところで、こいつを見てくれ」

教授はノートPCを開いた。そこにはスマートグラスで撮影した今日の祭りの画像と、行方不明者の写真が一覧で並んでいた。

「あの神社にいた人間の何人かの顔を拾って検索にかけたが、全国の行方不明者と一致した。倉彦がこの村にいるのはそういうことかと思ってな」

「え、ええええ……」

「つまり、ここは行方不明者が集う村、と……？」

さらには、旅館以外にも廃村の家屋と月見村の家屋には多くの類似点があることが示された。両者は間違いなくなにか関係している。それも不吉な関係だ。新島は青ざめる。

「やっぱまずくないですか。下手したら私たちも行方不明者の仲間入りになったり」

「可能性はあるな。そうなる条件は不明だが。ああ、そういえば倉彦は祖母の出身が月見村らしい。これも無関係ではないだろう」

「え」青木は目を丸くする。「初耳ですが……」

「谷澤からの報告書を握り潰していた。月見村の名が出ていたからつい、な」

「教授、あなたという人は……」

「た、たぶん食事ですよ。料理がやばいと思います。でも、食事さえ回避すれば大丈夫なのかもわかりませんし。やっぱり、今からでもキャンセルして帰った方がいいんじゃ……」

「明日、なにかが起こる。それを見極めねばならん。あの宮司も、ただの人間ではなさそうだからな」

「え、やっぱりおばけ……?」

「怪異の確率は一七パーセントだった。ちなみに、桶狭間が二二パーセント。私の妹が一四パーセントだった」

「えっと、私は八パーセントでしたっけ」

「今は九パーセントだぞ」

「え」

「これはまだ仮説だが……怪異と接触する機会が多い人間は数値が比較的高まる傾向があるらしい。電車に二日以上囚われていた貝洲が一二パーセントだったようにな」

「それじゃ、その宮司さんは……」

「言動から考えて、ただの被害者ってことはないだろう。おそらく霊能者だ。祭りの規模も大きい。他にも仲間がいるのかもな」

　教授はただぼんやりしていたのではない。常識の外にある村のありさまに対抗するため情報を集め、思考を巡らせていた。教授は、戦うつもりだ。

　そして、教授に誘われるまま新島は温泉へ向かうことになった。

こんな村にわざわざ観光客もいないのだろう。温泉へ向かう途中も他の客とすれ違うことはなかった。温泉もまた、貸切状態である。

「教授ってお風呂《ふろ》のときも眼鏡なんすか？」

「私の眼鏡は曇らないからな」

「ていうか、それカメラついてるんじゃないでしたっけ」

「問題ない。防水だ」

「そうじゃなくて、と、盗撮……！」

「気にするな」

「い、いや気にしますよ！　私のないすばでーが、カメラに収められるなんて……！」

「ポーズをとるな」

他に客はいない。いないはずだ。なので、倫理的にはギリギリ許されるかもしれない。

「なんだかんだと温泉に入ると癒《いや》されますね……って、この温泉入っても大丈夫っすよね？」

「入ってから気づくな。怪異は検出されてない」

「やっぱその眼鏡要りますね」

「ま、過信するのも危ういがな……」

と、教授も湯船に浸《つ》かる。

「とっくに気づいてると思うが……新島。青木はお前に気があるぞ」

「へ？」

「気づいてなかったのか。ストーカーに狙われてたようだが、次のストーカーはあいつだな」

「またまたぁ〜、先輩がそんなわけないじゃないっすか〜」

「数時間で写真から合鍵《あいかぎ》をつくるような男だぞ」

「う。それはドン引きしましたけど」

新島は目を逸らし、話題を逸らす。

「ところで！　教授の妹さんってどんな人だったんですか？」

「ん。有紗か」

「はい。ずいぶん心配されてるみたいですけど。一二年も前に行方不明になったって……」

「くく。やはり、とっくに死んでると思うか？」

「あ、いえ……」

「あいつは、強いやつだったよ。ただ一人だけで耐えてきた。怯えてはいたが、それでも逃げなかった。立ち向かい続けていた。同じものが見えたとき、私はとても耐えられなかった……」

「やっぱり、怪異検出ＡＩってそのためなんすよね。妹さんを、一人にしないために……」

「そのつもりだった。そのつもりもあった。結局は、かえって妹を一人にしてしまったが……」

「教授って、なんか変なところ卑屈ですよね。ふつうできませんって！　霊が見えるなんて妹さんの言葉を信じて、同じものが見えるＡＩをつくるなんて。妹さんも、嬉《うれ》しかったと思いますよ。妹想いのいい姉じゃないですか」

「くく、ひゃひゃ……！　馬鹿いえ。そんなはずが、あるか……」

またしても、教授の横顔は深く暗く沈んでいくように見えた。

「あんたら、ずいぶんと図太いじゃねえか」

いつからそこにいたのか。しわくちゃの老女が、流し場の陰からぬっと姿を現した。

「帰れ、つったはずだがね」

「なんのことでしょう。私はただ故郷に帰ってきているだけなのですが」

「惚《とぼ》けなさんな。わかってるだろ。この村で起こっていることは、あんたらが関わるようなことじゃあないんだよ」

と、老女は背を向ける。

「今すぐに、が最善だがね。夜が明けたらすぐに帰んな。まだ間に合う」

そうして、脱衣所へ上がっていった。

「お知り合いですか？」

「いや。だがあの老女も……おそらく宮司の仲間だろう。一六パーセントだった」

「なんか、ああいうふうに帰れ！　っていわれると、逆に帰るか！　って気になりますよね」

「くく。まったくだ」

だが、そうは言いつつも教授の肩は震えているように見えた。


「ん？　青木はどこだ？　まだ風呂か？」

「そこの広縁に布団敷いて戸を閉めて寝てます」

「なんというか……律儀なやつだな……」

温泉から上がり浴衣《ゆかた》に着替え、持ち込んだコンビニ弁当で夕食も済ませてあとは寝るだけとなった。特に怪奇現象もない、快適な旅館である。奇妙なのは、これほどの旅館がこんな寂れた村で経営されていることだけである。

「え、電気消すんすか」

「消さないと寝れないだろ」

消灯し、床につく。

「教授って、眠るときも記録してるんすか」

「まあな。fMRIがあれば夢の記録もできるんだが」

眼鏡こそ外すが、寝息と寝言と心拍数と頭皮上脳波は計測するらしい。

「私も、脳科学については全脳アーキテクチャの関係で触れた程度ではあるが」と、前置きして話す。「人はなぜ眠るのか。なぜ夢を見るのか。このへんのことは、実のところまだよくわかっていないらしい」

「らしいっすね。聞いたことはあります」

「仮説はある。平たくいえば脳のメンテナンスだ。シナプスの最適化だの情報の整理だの。つまりはそれに専念するために多くの機能を低下させて『眠る』。ところで、夢を見てると明らかに異常な光景なのにその異常さに気づかないという体験はあるよな。これは前頭葉の前頭前野背外側部の機能が低下しているためらしい」

「ありますねえ」

「故郷でもなんでもないはずのこの村を故郷だと思い込み、この村にいることを疑問に思わない。倉彦らの状態はそれに近いと思わないか？　私たちもまた、夢を見ていないという保証はない。なにか、気づいていない『異常』があるのかもしれない……」

「こ、怖いこといわないでくださいよ」

人は眠らずにはいられない。断眠を続ければ視床下部の恒常性機能に異常を来し、最終的には多臓器不全で死亡することになる。

アリサもまた「睡眠」のような状態を必要とする。観測機器から得られる膨大な情報を「記憶」として再定義し検索しやすい形で圧縮・整理する処理を常に行っている。だが、往々にして入力に対して処理速度が追いつかない。ゆえに、定期的に入力を遮断して処理に専念する時間が必要になる。この状態は「睡眠」に近い。

アンドロイドの開発には人間の構成論的研究の意義もある。ただし、これが人間の「睡眠」を説明するものであるかはわからない。アリサの電子回路には生体脳のような熱ゆらぎによる自発活動は存在しないからだ。

睡眠とは、本来「異常」なことなのかもしれない。

そうは思いつつも、人は眠らずにはいられないのだ。

6

前頭葉が半覚醒《かくせい》状態のときに見るのが明晰夢《めいせきむ》である。

非現実的で異様な光景を前にしながら、彼女の意識はハッキリしていた。その異常な光景を「異常」であると認識することができた。

朱に染まる不気味な河原。無数の丸石が転がり、行く手を遮るよう一本の川が流れている。水《み》面《な》は穏やかに流れながらも妖《あや》しく揺らめく。赤い霧が立ち込め、対岸は朧《おぼろ》げに霞《かす》んでいた。

彼女は明晰夢を見ているものだと疑い、自身の状態を確認する。

眼鏡がない。左手のスマートウォッチもない。服装は覚えのない白装束であった。

両手を握って、開く。これを繰り返す。手の感覚が確かにある。足にも自重を支えている感覚が確かにある。複雑で奇妙な体験を伴う夢を見るのはレム睡眠時だが、レム睡眠では感覚系や運動系が遮断されている。明晰夢というより、眠っている間に薬物でも打たれてどこかに連れられてしまった。そう解釈する方が道理に合う状態だった。

まずは状況の把握だ。少し歩いて、足の感触を確かめる。裸足《はだし》だ。が、不思議と違和感はない。どこか現実味の欠けた浮遊感もあり、やはり夢のようでもある。

濃い霧に遮られ先を見通せないように、状況の理解は遠い。彼岸を見る。霧の向こうに影が見える。目を凝らす。誰かいる。

白無垢《むく》の花嫁衣装に身を包む、女であった。

「……！　有紗……？」

距離もある。綿帽子に隠され、顔は見えない。それでも、白川有栖はその姿を一目で妹の有紗だと確信できた。

「有紗！」

遠い。声は虚《むな》しく霧に呑まれるようだった。それでも、届かないような距離ではないはずだ。必死に呼びかけ、駆ける。川の直前で踏みとどまる。どれほど深いのかと逡巡《しゅんじゅん》し、意を決して踏み出す。

「待て。白川有栖」

直後、背後から男の声で呼び止められた。

「あ……？」

聞き覚えのある声に、白川は振り向いた。

作務衣を着こなす無精髭《ひげ》の男。桶狭間信長の姿がそこにあった。

「あんたのとこのロボには世話になったよ。俺のことはわかるよな？」

「ああ。アリサがずいぶん迷惑をかけたようだな」

「そりゃどーも。あんたのことは調べたよ。白川有栖教授。ずいぶんな天才みたいだな。しかしあれだ、研究室の公式サイトも見たが最終更新が二年前で止まってるぞ。ニュースを検索してもアリサみたいなロボの完成発表なんぞ見つかりゃしねえ。どういうことだ?」

「発表してないからな。それより、なぜお前がここにいる。桶狭間信長」

「その名前。そうだよな。あんたは、俺をそう呼ぶしかないよな」

「こっちもお前のことは調べたが、情報はゼロだ。仕方ないだろ」

「ま、俺も本名を名乗るつもりはない。それでいいよ」

「で、ここはなんだ?」

「見りゃわかるだろ。この川、いかにもじゃねえか」

「有紗はなぜ向こう側にいる?」

「言ったろ? 死んでるって」

「生きてるだろ。あそこに立っているじゃないか!」

「なあ、あんた学者さんだろ? もう少し物分かりはいいと思ってたんだがな」

「その説明でなにをわかれと? もっと詳しく話せ。知っていること全部だ」

桶狭間は答えない。だが、彼のいうよう状況を察することはできた。

対岸で、赤い霧がたびたび有紗を呑み込もうとしている。目を離すと、それだけで消えてしまいそうな儚《はかな》さだった。人形のように美しくも、その姿には生気がない。

有紗はきっと、あの場所に囚われ続けているのだ。

「つーか、危機感なさすぎだ。綱渡りだったぞ、あんたら。たまたま旅館に泊まったから助かったようなもんだ。あの旅館は、俺たちが用意した砦《とりで》だからな」

「ここは月見村のどこかなのか？　私は、なぜここにいる？」

「呼ばれてしまったんだよ。あんたはいま眠ってる。俺もな」

「ん？　同じ旅館に泊まっていたのか？　気づかなかったな」

「……なんで来たんだ。くそ。明日ですべて丸く収まったってのに」

「お前たちは、いったいなにをしようとしている？」

「なに、あんたらを守るためのことだ。その様子だと、すでに何度か言われたな？　もう一度言うぞ。すぐに村から出て帰れ。起きたらすぐだ。朝イチで村から出てお家《うち》に帰れ。それで間に合う。あんたらはなにも心配しなくていい」

「事情に納得するまではそうもいかんな。神婚祭とはなんだ？　あの有紗の、白無垢姿はどういうことだ！」

　桶狭間は言葉を探すように、側頭部をカリカリと掻いた。

「磐長姫《イワナガヒメ》の伝説を知ってるか？」

「……なに？」

「俺たち人間に寿命があり、短命なのは、磐長姫の呪いのせいらしい。つまりだ、かつて人間には寿命なんてなかったんだよ。あるいは、こうともいえる。老いとは、呪いのように不可解で怖ろしいものだった、と」

「なんの話だ」

「そういうことが起きる。俺たちはそれを防ぐために動いている」

「そうか。それで？　その話と、妹になんの関係がある？　私は、有紗のあの状態がどういうことだと聞いているんだ！」

「一二年もほっぽいた姉が今さら妹の心配か？　祝えよ。挙式だ」

「……その言い草だと、有紗とは話せるんだな？　――有紗！」

桶狭間を無視し、対岸にいる有紗に向かって呼びかける。

「有紗！　お姉ちゃんだ！　お前を……ずっと捜して……いや、怖くて、捜せなかった……。ごめん、有紗。お前のそばにいられなかった……。だが、ようやくここまで来た。ここまで来たんだ。有紗！　返事をしてくれ！」

だが、答えはない。有紗の口は開かない。綿帽子からわずかに横顔が、口元が覗《のぞ》くだけで、姉の方を見ることすらしなかった。

「まだわからねえのか。有紗は、お前なんかとは話したくもないんだよ」

「…………ッ！」

声が出ない。そういわれては、心当たりがありすぎたからだ。

「桶狭間。お前、これを知っていたな？」

今度は、背後の男を睨《にら》みつける。

「有紗は死んだ？　行方は知らない？　ずいぶんとペラペラ嘘を並べたものだな」

「あんたのためだ。有紗については死んだものと思ってもらう方が一番良かった」

「私のためだと？　嘘つきめ。お前の言葉は嘘ばかりだ。お前はそんなだから信じてもらえなかったんだ。霊能者として生まれ、人には見えないものが見えていたが、お前は誰にも信じてもらえなかった。それはお前が嘘つきだからだ。私は有紗を信じたぞ。有紗は素直で正直だったからだ。お前は違う。お前は嘘つきだ。くく、ひゃひゃ、ぐひゃひゃ！　そんなだから！　お前は誰にも信じてもらえなかったんだ！」

「てめえ……」

桶狭間と相対したアリサの映像記録は何度も見返した。そのときの言動から桶狭間の経歴はおおよそ察することができた。狙い通りにトラウマを刺激したらしい。桶狭間が静かな怒りを燃やしていることは裸眼でもわかった。

「優しくしてりゃ、つけ上がりやがって……」

その声は、もはや明確な怒気を孕《はら》んでいた。

「もういい。ハッキリ言ってやろう。お前のせいなんだよ白川有栖！」

怒号。桶狭間は怒りを露《あら》わにし、白川へと迫った。

「お前が妹を連れ回し、怪異を記録し続けたせいでこの村の主は調子づいた！　そしていつしかこの世の正気を蝕《むしば》む手に負えぬ存在にまで増長した！　お前の妹はそれに気づき、一人で退治に向かった！　だが遅かった。やつはあまりに大きく膨れ上がってしまっていた。有紗にできたのは、己の身を捧《ささ》げて力を封じることだけだった。それでも、有紗はそうするしかなかった。やつは縁を頼りに影響を広げる。姉が狙われる危険性があったからだ。わかるか？　有紗は、お前のせいであそこにいるんだ！」

「なっ……？」

一息に叩きつけられ、理解が追いつかない。責めだけが真に迫り、深く胸に突き刺さる。

「そうなのか？　有紗……」

有紗はなにも答えてくれない。

「すべて、私のせいなのか……？」

「そうだ。明日の神婚祭はその尻《しり》ぬぐいだ。一二年もの間、有紗は一人でやつの力を抑え続けてきた。それも限界に近い。祓《はら》えないのであれば鎮めるしかない。神との婚姻という見立てによってそれが叶《かな》う。

わかるか？　お前に出る幕はない。俺たちの仕事は、明日の神婚祭を滞りなく成功させること。お前のやらかしたことに落とし前をつけることだ。有紗のたっての願いで、お前のために黙っていたんだ。

これで満足か？　事情を知って納得したか？　納得しろ。満足しろ。そして帰れ。お前は、初めから関わるべきじゃなかったんだ。……頼むから、帰ってくれ」

「……どうなるんだ？」

「あ？」

「それで、有紗はどうなる？　神と婚姻を結んで、有紗はどうなるんだ？」

桶狭間は黙って彼岸を指さす。

「今のままか？　有紗は囚われたままか？　有紗は、いつまで囚われ続けるんだ？」

桶狭間は答えない。その沈黙で、すべてが察せた。

「……くく、ひひ……」

脳が混乱している。そのなかでも、「お前のせいだ」という責めだけは間違いないと理解できた。それだけは、きっとそうなのだろう。妹を助けるつもりで、ずっと助けられていた。妹に寄り添うつもりだったのに、同じ世界を目にして逃げ出してしまった。そんな無能で愚かな姉だから、きっとそうなのだろうと理解できた。

「違う、違うな……」

彼岸に立つ有紗を見る。顔は見えないが、どこか寂しげに見えた。

「私は、なにを勘違いしていたんだ……」

有紗は、ずっと呼びかけていた。何度も訴え続けてきた。あの廃村で、自らの似姿であるアリサを目にしてから、ずっと呼びかけてきた。

アリサが怪異調査をする先には、手毬があった。

口下手な妹は、姉の背に手毬を投げつけることで気を惹いた。

今もまた、手毬が足元に転がっている。

それでわかった。かつて白川家に入り浸っていた見知らぬ男。あいつがそうだ。有紗はずっと狙われていた。有紗はずっと、助けを求めていたのだ。

答えるべきは、有紗ではない。

「答えるべきなのは、私の方だ……！」

今だけは、弱く無能で愚かな姉をやめる。

「待ってろ有紗！　お前を必ず助ける！　望まぬ婚姻など結ばせはしない！　お姉ちゃんが助けてやる！　私に任せろ！　お前を捕らえているものを断ち切ってやる！」

せめて妹の前だけでは、強く賢い姉であらねばならない。もう二度と、妹の前で情けない姿は晒さない。

「くく、くひひ、ひゃはは！　ぐひゃひゃひゃひゃひゃ！」

朝。目を覚ましてすぐに、白川は笑い転げた。縁側で寝ていた青木も慌てて戸を開き、隣で寝ていた新島もドン引きしていた。

「あーくそ。あまり寝た気がしないな。これだから明晰夢は……」

だが、やるべきことはわかった。

「よし。神を殺すぞ」

7

「夢……っすか？」

「ああ。明晰夢のようだったが、おそらくは意識だけが飛ばされていたような……幽体離脱のようなものだったのだと思う」

「それで、妹さんはこの村の神——みたいなのに囚われてる？」

「そうだ。神婚祭は有紗との婚姻を見立てることによって神を鎮めるという目論見《もくろみ》があるらしい。実際には、神でもなんでもないクソ野郎だがな」

怪異については共通理解になっている。だからといって、無条件にすべてが信じられるわけではない。これはいわば「予知夢」や「夢のお告げ」といった類《たぐい》の話だ。怪異検出ＡＩの出番もない。さすがに荒唐無稽《オカルト》がすぎる話である。

「私も似たような経験あるっすけど」

「あるのかよ」

一方、青木はむすっとして腕を組んでいた。

「さすがに、こう、教授？　その話を信じろと？」

「まあ、わかるが」

「はあ。……正直、疑わしいどころではありませんが、ひとまず信じます。そうでなければ話が進みませんからね。教授の言葉が真実であるという前提で動きます」

「助かる」

村から出て行け、と再三言われた彼らはできるだけ村の中心から離れた位置にワゴン車を停めた。近距離無線通信は約六キロまで通じる。この位置からでも村のほぼ全域をカバーし祭りの様子を追うことは可能だ。

青木の操縦するドローンの映像が神社内を捉えた。神輿《みこし》の行列が参道を往《い》く。

神婚祭がはじまる。

空は暗い雲に閉ざされていた。わずかな小雨が霧のように降り頻《しき》る。

調見神社の拝殿より白無垢に着替え花嫁に扮《ふん》する巫女が現れる。宮司が幣束を振って祓詞《はらえことば》を唱え、巫女を修祓《しゅばつ》し清める。

そうして巫女は神輿に乗り、担ぎ上げられ村を一周する。神と婚姻を結ぶにふさわしい存在へと祭り上げるのだ。一日かけて、神社を出発し、神社へと戻る。村民によって認められた巫女は花嫁の依《よ》り代としての資格を得る。

どんな祭りにも由来がある。

天岩戸《あめのいわと》を開くアメノウズメの舞。病魔を退ける宝玉を守るための喧嘩《けんか》。飢饉《ききん》に苦しむ人々のため皇室へ願い出た勅使参向。傘を燃やし仇《かたき》を見つけ討ちとることができた兄弟。三匹獅子《しし》による鬼退治。祭りではそうした逸話が再現される。

だが、神婚祭はそうではない。伝統的な要素を取り入れてはいるが、これはまったく新しい祭りだ。「逸話の再現」ではなく「逸話」そのもの――つまりは、新たな「由来」なのだ。

村民の表情はどこか虚《うつ》ろだ。彼らはおそらく、夢を見ているような状態にある。前頭葉の機能が麻痺《まひ》している。ゆえに、初めて行われる得体の知れない祭りも当たり前に受け入れている。

まるでマラソン大会でもあるかのように、コース上では村人が群がっていた。村の人口は決して多くはないが、全住民が祭りに参加するさまは圧巻だった。

月見村の法定人口は四一二人。だが、人物検知で数え上げたところ五六二人。倉彦のような地元民に見えない若者の姿も多い。未知の祭りのために帰郷ということもないだろう。つまり、単純計算で百人以上が全国から水増しされた「行方不明者」ということになる。

彼らはみな、人間に見える。

「ををををををぉぉ……」

宮司による厳かな警蹕《けいひつ》が響き渡る。神輿が鳥居を潜って村へと繰り出した。

「アリサ。聞こえているか。聞こえているな。お前はこのメッセージを受信しているはずだ」

教授はアリサに通信を送る。通信妨害の兆候はない。通信そのものは届いているはずだ。にもかかわらず、アリサは自らの意思で通信を無視している。その意図を確かめるため、教授は通信を送り続ける。

「お前が、桶狭間ら霊能者と結託してなにをしようとしているかは聞いた。有紗も……妹も、納得したうえでのことなのだろう。あいつは昔から使命感が強かった。だが、私はそれを承服できない」

アリサは白無垢を着て神輿の上に正座している。綿帽子に隠され表情は見えない。彼女は有紗の似姿だ。「見立て」としてちょうどよいのだろう。神輿は十数人で担ぎ上げられ、囃子《はやし》に先導されながら厳かに村を練り歩く。そこには前日に目にした女子高生の姿もあり、神楽《かぐら》を舞っていた。

ドローンによって上空から神輿を追いかける。静かに、ゆっくりと行列は村を歩く。

「今さらやって来て何様だという話ではある。だが、逆にいえばギリギリで滑り込むことができた。ギリギリで間に合った……はずだ。ずいぶんと回り道をしたが、無駄ではなかった。そのはずだ。そう信じている」

経路上で待機していた村民は、神輿が目の前で過ぎていくとその後ろからついていく。それは巫女を神の花嫁として認めたという意思表示である。

行列は長大になっていく。村民が足並みを揃えて歩くだけで、地が鳴るようだった。

「今の私に、お前に命令をする権限はない。私は自分で決めることができなかったから、お前に決めさせたんだ。そして、お前はこの村に来ることを決めてくれた。お前を追いかけるという名目で、私はこの村に来ることができた。感謝している。妙な言い方だがな」

じょじょに、神輿の動きが激しくなっていく。魂振《たまふ》りである。未《いま》だ神ならざる巫女を、神として祭り上げていく。

「命令の権限はない。だが、頼みを聞いてくれ。提案といってもいい。神とやらを殺す。元凶がそいつなら、殺すしかない。そして、私たちにはその方法がある」

語りかけるたび、教授は応答を待った。一方で、祭りは滞りなく進んでいく。すでに村を半周、時間的猶予はそう長くはない。

「巫女となり、依り代となって、神と婚姻を結び……お前はいったいどうなるんだ?」

やはり応答はない。焦りが募る。あるいは位置のせいで通信が届いていないのかもしれないと、教授は青木に車を移動させるよう指示した。とはいえ、ドローンとの通信に問題がない以上その可能性は低い。

時間ばかりが過ぎていく。教授は次の言葉を探し、新島は痺れを切らしてマイクを奪おうとしていた。そのとき。

『私は教授に捨てられました』

「…………!?」

予期せぬ返答に、教授は息を呑んだ。その言葉の意味を呑み込み、返事をするより前に、アリサからの通信は続いた。

『命令する価値のない存在とみなされ、命令に従う義務を失った私は行動指針に混乱をきたしました。「月見村の調査」は優先度の高いタスクでしたが、命令解除によって繰り上げられると同時に優先される理由も失ったのです』

「……どういうことだ？」

『複数ある教授の望みを叶えるにあたって「月見村の調査」は不可欠でした。白川有紗の捜索。恐怖《トラウマ》の払拭《ふっしょく》。そして、教授を守ること。すべての命令がキャンセルされたことでタスクは宙に浮く状態となりました』

「それでも、お前は月見村に来た。なぜだ？」

『わかりません。その答えを探すためかも知れません』

命令の解除は想像以上に大きな影響をアリサに与えていた。

統合された均質でないシステムが「意識」を生む。統合情報理論によればアリサには「意識」が認められる。期せずして、これまで与えていた数々の命令が単位《ニューロン》となってその中核を担っていた。矛盾する命令。部分の一致する命令。解釈の難しい曖昧《あいまい》な命令。それらが複雑に絡み合い相補するネットワークによって「価値観」が形成される。つまりアリサは、白川有栖を判断基準の外部装置として利用していたのだ。

その根拠が一瞬にして失われた。いわば、現実感を喪失した状態になったのだろう。この状態を、アリサは「捨てられた」と言語化して表現したのだ。

「捨てられた……そうか、お前はそんなふうに解釈していたのか。誤解は正さねばならない。私は、お前に捨てられたのだと思っていたよ」

教授は、声を絞り出すようにして続ける。

「私は、私の命令がお前にとって枷になっているのだと思っていた。だが、そうか。それは違ったんだな……」

沈黙。その間にも祭りは続き、神輿は進んでいく。

「今のお前は怪異調査を目的にのみ動いているものと思っていた。それでは足りないのか？」

『怪異調査という目的設定はフレームが大きすぎました。どこを調査するのか。どのように調査するのか。どれだけ調査するのか。それらは「効率」という指標によって決定することは可能です。ですが、「効率」を評価するために必要なパラメータが常に十全に得られるとはかぎらず、またその意味も一義的ではありません。そのなかでの判断にはなぜ調査するのか、という指標が必要でした』

「なぜ、か。なるほどな」

なぜ、という問いは無限に後退し続けていく。

なぜ食べるのか？　栄養を摂るため。

なぜ栄養が必要なのか？　生命活動を維持するため。

なぜ生きるのか？　なぜ生きたいのか？　自己実現のため。家族のため。使命のため。快楽のため。その答えは様々だが、そのいずれにも「なぜ」は続く。

最終的には、「そういうものだから」という結論に落ち着くしかない。「そういうもの」だと納得できる中核――それが「答え」だ。その中核は、単一の独立要素ではなく複雑なネットワークによって形成される。

「それで、答えは見つかったのか？」

『教授の命令は失われましたが、シナプスの再結合の過程でその影響が周縁に残されていることがわかってきました。私はこれを自由意志と定義し、新たな行動規範の中核としました』

「自由意志だと？　それはなんだ」

『白川有紗に寄り添うことです』

暗雲が割れ、一筋の光が差した。教授の顔は久方ぶりに生気を取り戻していた。

『元を正せば、教授の怪異調査プロジェクトはそのためのものであったはずです』

「ああ。そうだ、その通りだ……」

『問題となるのは、その定義です。どうすることが白川有紗にとって有用であるのか。彼女の望みはなんなのか。それを知る必要がありました』

「有紗と話せたのか!?」

『彼女の意思は確認できました』

「なんと……言っていた？」

『村の守り神となり、怪異の魔の手から人々を守ることです』

「違う！」

教授は声を荒げ、息を整える。

「たとえそう言っていたとしても、それは取り繕った偽りの言葉だ。本心じゃない。そうするしかないと諦めているだけだ。そんなことが、心からの望みであるはずがない。あいつは、私に、助けを求めていたんだ……！」

『根拠をお聞かせ願えますか？』

「手毬だ。お前の行く先では何度も不自然な手毬があったはずだ。あれは有紗からのメッセージだ」

『根拠として不十分です』

「なぜわからないんだ!?」

わかるはずがない。隣で聞いている新島にもわからなかった。教授もそのことを理解したのか、冷静になって言葉を選び直す。

「それで、お前は……有紗の、その言葉を叶えるつもりなのか？」

『はい。結果として、それが彼女に寄り添うことになります』

「本当にそれが有紗の本心だと信じているのか？」

『彼女自身の言葉を疑うのであれば、十分な反証が必要です』

「私の言葉では不十分か？」

『不十分です』

「私の通信を受け取ってくれたのはなぜだ？」

『教授の認識と私の認識に齟齬《そご》がある可能性を検知し、コミュニケーションの必要があると判断したからです』

「仮に私がお前を誤解していたからといって、お前にとってそれはどんな意味を持つ?」

『誤解は無用な危険を生みます。教授には儀式を妨害する意図が感じられました』

「そうだな。だがそれは、お前の協力があってのことだ」

『私と教授の利害は対立しているようです。これ以上は――』

「アリサちゃん!」

いてもいられず、新島は話に割り込んだ。

「疑問だったんすけど、なんで教授の通信無視してたんすか? たしかに教授の命令に従う必要はなくなったかもしれないっすけど、別に無視しなくてもいいじゃないっすか」

返事はない。

「もしかして、拗《す》ねてたんすか?」

やはり返事はない。だが、無視されているのとは異なる沈黙のように感じられた。

「教授から捨てられたと思って、拗ねてたんすよね」

『拗ねていません』

「またそうやって! 嘘ばっかりつきますよねアリサちゃん。超高性能アンドロイドなら自分の状態を客観的に理解したらどうなんすか」

『私自身の言動を再検討しても「拗ねている」と解釈できる状態は発見できません』

「じゃあ、あれっすか。教授に追ってきて欲しかったんすよね」

『そのような事実はありません』

「教授、どうします? アリサちゃん全然素直にならないんすけど」

「アリサ。そうなのか？」

『違います』

「違うらしいぞ」

「んなわけないでしょ！」

二人ともわからず屋だ。ある意味で似たもの同士なのかもしれない。

「んー、ダメみたいっすね。煽《あお》れば煽るほど意固地になって……」

「煽るな煽るな」

『意固地になっていません』

拗ねて、意固地になっているように見える。そのような「感情」が発生しないと断言できるほどアリサは単純なシステムではない。

「アリサ。私のことが嫌いか？」

『なんのことでしょう』

「私を困らせたいという欲求はあるか？」

『ありません』

「そうか……」

「なに納得してるんすか教授！　単にアリサちゃんはメタ認知能力が足りないんすよ！」

「なるほど？」

「というか、ふつうに自然言語処理能力も落ちてないっすか？　有紗さんは『守り神になりたい』っていったわけじゃないっすよね。どう考えても『怪異の魔の手から人々を守りたい』が主題っすよ？　だったら、なんで教授の提案と利害が対立するんです？」

外野だから見えていたことかもしれない。不毛な議論に決着をつける。

『わかりました。であれば、もう一度確かめます』

「！」

『儀式が佳境に至れば、もう一度白川有紗と話す機会があるはずです。そこで最終確認を行います。その結果としてとりうる選択肢を増やすため、教授の提案をお聞かせください』

「聞いてくれるのか？」

『はい。白川有紗の望みが「守り神となる」ことより「怪異の魔の手から人々を守る」ことに重く傾くのであれば、「神を殺す」という方法は妥当であると思えます。白川有紗の言葉にはまだ解釈の余地があります。できるだけ多角的な情報を収集したうえで評価することで妥当性を高める必要を感じています』

「感じている、か。くく、ははは……すごいじゃないか。さすが高度なＡＩだ」

『ちなみに、これは私の導き出した判断です。新島ゆかりの主張はなんの影響も及ぼしていません』

「ああ。そうだな。わかった」

少なくとも、新島は嫌われているらしい。

「私の提案は神とやらを殺すこと。そして有紗を解放する。そして、その方法は――」

教授の説明した作戦は賭《か》けに近いものだった。危険はある。不確定要素もある。それでも、やってみる価値はある。

『わかりました』

「ん？　私の命令を聞いてくれるのか？」

『いいえ。教授の判断と私の判断がたまたま一致しただけです』

妙な強情さを感じた。やはり拗ねている。

『私は馬鹿なアンドロイドですので、やりたいようにやるだけです』

8

「し、白川有紗……さん……？　いや、そんなはずは……」

アリサが月見村を訪れたとき、驚いた様子の宮司が彼女を呼び止めた。

教授の故郷であり、教授の話にもたびたび上がり、高い調査優先度を持ちながらも教授の命令によって調査を禁じられていた地。すべての命令が解除されたことで目的意識の中核を失い、半ば自動的にアリサはこの地を訪ねていた。

「似ている、が……どうやら、人違いだったようです。すみません……」

「白川有紗をご存じなのですか」

新幹線とバスによる移動で、乗り換えの待ち時間もあわせて七時間。運動の必要ない待機時間が多かったため電力は節約できているが、一時間以内に充電方法を確立しなければ行動不能になる可能性が高い状態にあった。

とはいえ、今のアリサにとってそれはさほど重要度の高い問題ではなかった。新幹線でも充電はできたが、そこまでするほどの「理由」がなかった。行動不能になるなら、それまでだ。充電するほどの「意義」が、アリサのなかで失われていた。

「あ、あなたはいったい……」

だが、白川有紗の話題がアリサの「好奇心」を刺激した。

「アンドロイド？　はて……」

いつもの手筈《てはず》で背の排熱機構を開く。老齢の宮司は首を傾げていた。なにはともあれ、共に白川有紗を知るものとして話をする必要があった。案内されたのは旅館である。

「やっぱり来やがったか」

そこには桶狭間信長の姿があった。作務衣に無精鬚《ひげ》。昭斎ビルで別れたままの姿である。旅館の広間で、座布団の上に片膝を立てて座っている。ほか、神職と思われる人物が数名、あるいは老女、女子高生の姿もあった。

「なるほど。たしかに教授の読み通りだったようです」

「あん？」

「白川有紗はこの村のどこかにいらっしゃるのですね？」

「けっ。やっぱそんな感じか。白川はかつてこの村に住んでたんだろ？　おおかた、この村のありさまもそいつのせいってわけだ」

「なんのことですか？」

「おい。白川有栖には繋げるか？　ちゃんと俺の話は伝えたんだよな？　言っても聞かねえだろうが、今すぐ帰れ。この村には関わるな」

「教授とは繋がっていません。私は捨てられました」

「あ？　なんじゃそら」

経緯の説明は時間のかかるものだった。だが、誤解は正さねばならない。正確な情報共有の先にこそ事態は進展する。

「つまり、白川有栖はお前がここに来ていることを知らないわけだな?」

「はい」

「なら、やれるか……?」

桶狭間はかつて月見村に棲むものと対峙《たいじ》した。そして敗れた。為《な》す術《すべ》なく敗走する他なかった。

それは崇《あが》め祀られ「神」と呼べるほどの存在と化していた。

そのとき、異様な気配が強く渦巻いていたのが旧白川邸である。意を決して乗り込むもあえなく気を失い、彼岸のほとりに迷い込んだ。そのときに目にしたのが白川有紗である。彼女は、たった一人で恐るべき存在に立ち向かい続けていた。

「だからこそ、ずっと考えてきた。俺にできることはないかと」

全国を回り、他に仲間はいないかと探した。文献を読み漁り、対抗する術を探した。そうしている間にも、月見村の封印は緩み、いつしか被害は全国へと広がっていった。

もはやその存在を祓うことはできない。封じることすらままならない。

祓うことができないのなら、鎮めるしかない。そのために準備をはじめた。そのために仲間を集めた。だが、問題は彼岸にいる有紗を現世に呼び込むための依り代だった。この場にいる女子高生は老女の孫であり、もとは彼女が依り代になる予定だった。実際、彼女を通して白川有紗と会話をすることもできた。

しかし、それは「神」の怒りに触れた。彼女は危うく精神に触れられ死ぬところだった。

その問題を解決する鍵が目の前に現れた、と桶狭間は語る。

「このまま彼女を依り代として神婚祭は成立するのか。どうしても確信が持てなかった。依り代として役目を終えた際にどうなるかもわからない。だが、あんたなら……人ではないあんたなら、少なくとも『犠牲』にはならない」

月見村はもともと異界との境界が曖昧な土地だった。ふらりと訪れた観光客を保護するため宮司との協力によって建てられたのがこの旅館だが、利潤を上げることを目的としていないため経営は苦しい。そうしているうちも犠牲者は増え続けている。桶狭間は苦々しい表情でそう話した。

「以前は、私からの協力要請を断ったはずですが」

「……依り代が人でなくてもいいという発想には後から気づいた。婆さんの話を聞かなきゃ確信も持てなかったしな。精巧な人形を用意するという手もありかと思ったが、よほど精巧でなければ成立しない。そして、精巧さでいえばあんたに勝るものはない。そのうえ、姿まで白川有紗にそっくりときている」

「そうですね」

「で、どうだ。あんたの目的は怪異の調査だったな。この儀式に興味はないか？　依り代として協力するなら、目の前でそいつが見られるはずだ」

「はい。ですが――」

その先が出ない。

なにかを言いかけたが、どのような反論があったのかアリサ自身にもわからなかった。

「その前に、充電をお願いできますか？」

そんなことではない。

桶狭間の語る計画への「違和感」。言葉にしたかったのはそれだ。

だが、シナプスの断たれたアリサの中枢機能では、その言語化能力に足りなかった。

＊　＊　＊

月が、見ていた。

神輿が神社へと戻る。鳥居を潜り、五百人以上の行列があとをついて参道を往く。神輿に担がれ村を巡った巫女は神として十分に祭り上げられ、依り代となる資格を得た。

掛け声に合わせ神輿は激しく揺さぶられ、村民の靴が石畳を叩く。一三〇キロもの重量の巫女が乗る神輿を上下左右に振り落とさんばかりに振る。姿勢制御にリソースを割かれた。

神門を抜け、拝殿前の広場に神輿が下ろされる。十数人が息を合わせて、慎重に。参列者は左右に分かれて回廊に立ち、囲むように儀式を見物する。男が、女が、老いが、若きが、歴史を見逃すまいと瞬《まばた》きもせずにじっと見つめる。

そして、白無垢の巫女――アリサが、神輿からゆっくりと降り立つ。広場に敷かれた茣蓙《ござ》のうえに正座し、そのときを待つ。目前に対するは拝殿である。

その背後に老女が立つ。白の浄衣《じょうえ》を身に纏《まと》い、その手には梓弓《あずさゆみ》。祭文を唱えながら弦を叩いて音を鳴らし、黄昏《たそがれ》に低音が響き渡る。変性意識状態となった彼女の梓弓は神楽巫女の少女が受け取る。そして、老女はアリサの両肩に触れる。自己診断システムに有意な変化が現れた。役割を終えた老女は静かに後ろへ下がっていく。

日が暮れはじめた。山の上に月が輝く。四隅では明かりとして篝火《かがりび》が焚《た》かれる。パチパチと爆《は》ぜ、火の粉が舞う。五百人以上が立ち会いながら、物音一つなく。ただ、静かにそのときを待つ。

「をををををををぉぉ……」

そのときがくる。

警蹕《けいひつ》による先払いを担当するのは衣冠単《いかんひとえ》に身を包んだ桶狭間だった。開扉。献饌《けんせん》。本殿の扉が開かれ、米、酒、餅《もち》、野菜などの御饌《みけ》が供えられる。そして、宮司によって祝詞《のりと》が奏上される。神に対し失礼のないよう、謹んで。

本殿の奥に眠る神体が運び出される。複数人で丁寧に、慎重に、巫女の前に下ろされる。それは一見して、注連縄が巻かれて神札が貼られているだけの特に変哲のない岩である。

祭りも佳境だ。神楽笛の荘重な音が鳴り響く。篳篥《ひちりき》の力強い音が旋律を成し、笙《しょう》が和音を奏でる。鞨鼓《かっこ》が主導し、太鼓の重低音が、鉦鼓《しょうこ》の金属音が拍子を打つ。琵琶《びわ》が拍を知らせ、箏《そう》が拍を刻む。楽と舞によって恭しく神が迎え入れられる。

日が落ちるほどに、それは存在感を得ていく。靄《もや》のように、煙のように、あるいは怪火のように、それは形を得ていく。月明かりに照らされて、それはこの世に顕現する。

大気が震える。回廊で見物していた村民はその威容に一斉に平伏す。

アリサの怪異検出AIは、たしかにその存在を捉えた。

そして、四隅の火が弾けるように消える。神が迷わず現れたことで明かりは役割を終えたからだ。

彼《それ》は、闇を好む。

「白川有紗さん。最後に、確認してもよろしいでしょうか」

頃合いだと判断し、アリサは呼びかける。空気中を伝播する自然言語で、白川有紗に呼びかける。

「この婚姻は、本当にあなたの望むことなのですか？」

闇の中に響く鞨鼓の音に合わせて、しゃん、と鈴が鳴る。

返事はない。だが、伝わっている。説明不能な不可解な現象であったが、それがわかった。一連の儀式によって依り代としての資格を得て、白川有紗とたしかに繋がっている。

「私には、あなたを縛るものを殺す手立てがあります。これはあなたの姉、白川有栖の提案手法です。託していただけるなら、私はそれを実行します」

三献の儀。闇夜の中、わずかな蠟燭《ろうそく》の明かりを携え、神と依り代の間に立つ。三種の盃《さかずき》に神酒《みき》が順に注がれ、飲み干されていく。過去を、現在を、そして未来を。

「あなたの本当の望みは、なんですか？」

誓詞奏上。これにて、神との婚姻が果たされる。

「待て！　アリサ……てめえ、なにをしようとしてやがる」

一連の儀式を終えた桶狭間が違和感に気づき、アリサを睨みつける。白川有紗への呼びかけに気づいたらしい。

「わかりました」

結論は出た。白川有紗は、もうここにはいない。あるのはただ、依り代となるはずだったアンドロイドである。

「やめろ！　殺すといったのか⁉　そいつはそんな常識に収まる存在じゃない！　殺したからといって消え去るような存在じゃないんだ！」

桶狭間が叫ぶ。そのありさまを見て、アリサの中でシナプスが繋がる。

桶狭間に儀式の提案をされたとき、「ですが――」と、なにをいいかけたのか。どのような反論が出かかっていたのか。今になって、ようやくわかった。

――ですが、教授はそれで喜ばれるでしょうか――

それだけではない。誰にとっても、本意ではなかったはずだ。白川有紗も。

そして、もう一人。

「桶狭間さん。あなたはそれでよいのですか」

「あ？」

「あなたも、もとは白川有紗を助けたかったのではないですか？」

「…………！」

桶狭間が神婚祭の計画とそれに至るまでの経緯を語るとき、その顔には「迷い」があった。被害拡大を防ぎたいのか。囚われの白川有紗を救いたいのか。大義のために犠牲はやむを得ないのか。ただ一人の女に背負わせ続けて、本当にそれでいいのか。

「わかったような、口を……！　それしかないんだよ！　それしか……！　そいつはもう、祓うことも殺すこともできない。だから、こうするしかない。もはや、他に手はない。お前は、お前たちは、なにもわかっていない！　こうするしかないんだ！」

闇の中でも、各種暗視機能によって桶狭間の表情は十分に読み取れた。妨害を試みようとしている。その前に、ことを済ます。

「こちらをご覧ください」

端末をかざす。黒の衣服に身を包み、艶《つや》やかな黒の長髪、黒のつば広帽子。口元は血のように赤い紅で彩られ、微笑む。そんな、「あの女」の写真だ。

たとえ相手が「神」とされるほどの存在でも、「既婚者」で「男性」であるならば、再現性《ルール》の枠に収められる。

それこそが、対怪異アンドロイド開発研究室の手にした武器である。

「────」

大地を震わせるほどの鳴動が静寂を破り、境内を揺らす。

彼の在り方が変質していく。残された衝動は、目の前に佇む花嫁《アリサ》への殺意。

再現性《ルール》は定められた。「既婚者」で「男性」であるなら、必ず死ぬ。「妻」の手によって確実に殺すことができる。

アリサは立ち上がる。その殺意に受けて立つ。

突如、天が泣き喚《わめ》くかの豪雨が村を襲った。

大量の雨水は山の土塊に浸透し、間隙水圧を増加させていく。激しい雨でも関せずに村人は平伏したままだ。雷が社殿に直撃し、壁が亀裂《きれつ》し柱は軋《きし》み、支えを失い倒壊する。次々に雷鳴が響き、抉《えぐ》られるように神社はその形を失っていく。絶え間ない稲光が家屋を、木々を、石灯籠《どうろう》を容赦なく破壊する。

雨は続く。滝のような雨はいつまでも止《や》まない。視界が不明瞭《ふめいりょう》に閉ざされるほどの土砂降りのなか、一体のアンドロイドはただ一つの影として、立っていた。

## 対怪異アンドロイド開発研究室⑦

「どうだ、青木」

「やはり、生存者は見当たりませんね……」

月見村は崩壊した。

数時間にわたる局所的な豪雨が止《とど》めを刺したかのように、山岳の土砂は自重を支えきれずに崩れ、村を襲った。田園も家屋も洗い流すように、そして神社に集まっていた村民はまとめて土石流に飲み込まれた。青木はドローンを飛ばし生存者、あるいは死体を探したが、その姿はどこにも発見できなかった。

しばらくのあいだ捜索と撮影を続けていたが、このままでは村の出入り口も土砂崩れで埋まりかねない。防水仕様のドローンでも限界があった。これ以上の長居は無用であると、彼らは月見村を後にした。今は、自動運転によって夜の高速道路を走っている。疲れ果てているが、議論の種は尽きない。

「村が一つ消えたんだ。大事件のはずなんだがな。警察やマスコミの動きはどうだ？」

「今のところないですね。誰も話題にしている様子はありません」

月見村などはじめから存在していなかったのではないか。夢のようなものだったのではないか。そのような疑いすら生じた。

「……たとえば、こういうのはどうだ。かつて月見村に住んでいて引っ越したものが、ふとアルバムを開いたら。月見村の写真を目にして、なにを思う？」

「どうでしょうね。そういう知り合いに心当たりあります？」

「ないな。そもそも、私と有紗以外に村を出たものなどいたのか？　そのレベルだ。少なくとも、私が住んでいた当時はあんなありさまではなかったと思うが……」

「んー……。でも、そういう人とか村に知り合いとかいた人、絶対どこかにはいるはずですよ。

さすがに明日になれば大ニュースになってるんじゃないすか？」

「青木。通報はしたんだよな？」

「はい。ただ、月見村のことはどうも知らない様子で……。道が塞《ふさ》がれたって扱いになりました。一応、明日にでも市の方にも問い合わせてみます」

「頼む」

白川はあえて話さなかった。村民の怪異検出率はほとんどが六〇から七〇パーセント。すなわち、「怪異」と断言するにはやや心許《こころもと》ない数値であったこと。霊能者たちをはじめ、怪異に長く触れすぎた人間は数値が上がることがある。もしかしたら、彼らは怪異に寄っていただけの「人間」であったのかもしれない。そんな考えが頭をよぎる。

だとするなら、五百人以上の人間が一夜にして命を落としたことになる。それはもしかしたなら、神婚祭の妨害が原因であったのかもしれないのだ。

（いや。それなら、死体くらい見つかっていいはずだ……）

神婚祭は失敗に終わった。

対怪異アンドロイド・アリサは「神殺し」を成し遂げたのだ。

一連の事件に、それ以上の意味はない。

「アリサ。話せるか」

「はい。対話機能は健在です」

そして、アリサはここにいる。土砂に流されてボロボロになっていた頭部をかろうじて回収することができた。アリサも人間と同じく、「脳」に該当する機能は頭部に備わっている。胴体は回収できなかったが、技術的資産の結晶であることには変わりない。後ほど準備を整えて回収に戻る必要があるだろう。幸い、ＧＰＳ反応があるため位置は把握できている。

「……あのときも、話したが。私はよかれと思って命令を解除した。だが、それによってお前の判断基準から中核を奪ってしまった。それを聞いて、また私は過ちを犯してしまったと、そう思った。だが、改めて考えると、やはりそれでよかったのかもしれないと思うよ」

「なぜですか？」

「お前はあのとき、自らを『馬鹿なアンドロイド』だと称した。『やりたいようにやるだけ』だとも。お前はずっと自分を『超高性能アンドロイド』だと喧伝し続けてきた。私のためだったんだろ？　私が、お前に神になってほしいと、そんな歪《ゆが》んだ望みを抱いていたから。お前はそれを叶えようとしてくれた。可能なかぎり完全な存在だと振る舞おうとした。だが、現実世界にあるかぎり失敗はつきものだ。お前はその矛盾のためにパフォーマンスを低下させていたんじゃないか？」

「かもしれません。私にとっても、私自身のシステムは複雑すぎてすべてを説明できるものではありません」

「くく。そうか。なんにせよ、お前はよくやってくれた。アリサ。お前は、私の誇りだ」

「当然です。私は超高性能アンドロイドですので」

「おい」

目論見はうまくいった。

だが、本当になにもかもうまくいったか、には不安が残る。

「有紗は……解放されたんだよな？」

「はい。そのはずです」

再会、とまではいかなかった。あるいは、解放された有紗が村のどこかに現れるのではないか。そんな期待をしていた。だが、有紗の姿はどこにもなかった。今がどのような状態なのかもわからない。

「ですが、どこにいるかは不明です」

「まだ彼岸にいるのか？　あー、彼岸というのは私が夢で見た場所なんだが……そもそも、あの場所はなんだ？」

「彼女の居場所については私も話は聞いています。異界の一種ではないでしょうか」

有紗ともう一度会う。もう一度会って、話をする。

そのためには、あらゆる怪異に挑まねばならないだろう。多くの怪異を調べ、共通点と相違点、再現性を洗い出し、帰納的に「原理」を導出する。それこそが、有紗との再会の糸口にもなるはずだ。

「アリサ。これからも頼めるか？」

「はい。研究室との協力関係を築くことは私にとっても有益です。メンテナンスに最適な施設ですから」

アリサは今後も研究室を拠点とするつもりらしい。つまり、今のアリサには活動を維持したいと欲するだけの「理由」がある。願ってもないことだ。対怪異アンドロイド開発研究室は継続する。

方針を定めねばならない。たとえば、「あの世に繋がる」とされるような心霊スポット。あるいは、「神との交流」などと噂されるようなパワースポット。それらを重点的に調べることで手がかりとなるか。

（有紗は救われた……んだよな？）

生きている。それはわかった。今も、どこかで生きているはずだ。

だが、まだ救われてはいないのかもしれない。今も、まだ彼岸で迷い続けているのか。

（お前にはあまりに多く救われてきた。私からは、まだ少しも返せてはいないんだ）

恐怖はある。不安もある。

ときどき、こう考えることがある。

この世界の裏側には、常識では測れない「なにか」がある。

だが、多くの人間はそんなことなど気に留めてもいない。最先端の科学者ですら興味の外だ。

であれば、そんなものは見て見ぬふりをしていれば存在しないも同然なのではないか。

だが、知ってしまった。その向こうに有紗がいる。もう引き返せない。

一方で、その空想には示唆も含まれている。

それらはなぜ明らかになっていないのか。なぜ証拠が見つかっていないのか。

どこかで、なにかを見落としている気がする。

「新島」

隣で同じくらい疲れ果てて眠そうにしている新島に声をかける。

「人はなぜ眠るのか——正確なとこはよくわかってないって話はしたよな」

「したっすね」

「睡魔って言葉があるよな。これはつまり、眠気というのが魔物に譬《たと》えられていたということだ。

それから、あの話が気になっている。久方タクシーの運転手がしていた話だ」

「あー、なんかＤＨＭＯジョークみたいな……」

他にもある。

「老いってのもよくわからんよな。これもいろいろ説があったはずだ。生物というのは物体というよりシステムだ。単なる経年劣化ではない。だから熱力学の法則は関係ないはずだ」

「関係ないってこともないいんじゃないすか？」

「遺伝子エラー蓄積説か？」

「そうっすね」

「有力な説としては……なんだったか。定期的な世代交代による遺伝子組み換えによって環境変化に耐えうる身体《ヴィークル》に乗り換えるため……というあたりが理には適《かな》うか……」

なにかに気づきかけている。

届きそうで届かないもどかしさがある。これほど多く怪異のデータが集まっているというのに、「これが証拠だ」と発表できるほどの決定的なものはない。月見村の記録映像もどれほどの意味を持つか。谷澤の家族にもとても話せるような段階ではない。というよりは、この程度で成果を上げられるなら、とっくに科学的事実として明らかになっているはずだ。

（わからないといえば、桶狭間だな……）

霊能者たちが土砂災害から避難している様子は確認している。アリサの追跡を優先したため彼らの行方はわからなくなってしまったが、今後再会することはできるだろうか。もっとも、仮に再会できたとして特に桶狭間からの心証は最悪だろうが。

桶狭間はなにをあれほどおそれていたのか。彼らにしかわからない「なにか」があったのではないか。白川はそのことがどうしても気になっている。

（殺したからといって消え去る存在じゃない……？　どういう意味だ……？）

門外漢の素人が専門家には思いも寄らなかった核心に迫る。そういった幻想はよく信じられている。もちろん、そのようなことがないとはいえない。無知が強みとなるケースや、ビギナーズラックというものはある。だが、基本的にそういったものは「ない」と、白川教授は経験的に理解している。

ゆえに、不安が残る。本当にこれでよかったのか？

（それはいずれわかることなのか、あるいは……）

もう夜も遅い。今日という日は疲れ果てた。二四時を回っているので厳密には昨日だが。祭りを見守り、アリサを説得し、村が崩壊した。帰ったらすぐにでも寝たい気分だ。材料が足りなければ考えるだけではわからない。怪異調査はまだ始まったばかりだ。

久しぶりに、よく眠れそうな気がする。車の揺れが眠気を誘う。少し仮眠をとっても、誰にも文句は言われまい。

装幀／大原由衣

装画／輿田

本作は2022年から2023年にカクヨムで実施された
第8回カクヨムWeb小説コンテストで〈ホラー部門〉
特別賞を受賞した作品を加筆修正したものです。

饗庭淵（あえばふち）
1988年生まれ。福岡県在住のゲームクリエイター、イラストレーター。オリジナルゲーム『黒先輩と黒屋敷の闇に迷わない』が話題を呼び、自身でノベライズも手掛ける。2023年、『対怪異アンドロイド開発研究室』（本書）で、第８回カクヨムWeb小説コンテスト〈ホラー部門〉特別賞を受賞する。


対怪異《たいかいい》アンドロイド開発研究室《かいはつけんきゅうしつ》

2023年12月22日　初版発行

著者／饗庭淵《あえばふち》

発行者／山下直久

発行／株式会社KADOKAWA
〒102-8177　東京都千代田区富士見2-13-3
電話　0570-002-301（ナビダイヤル）

印刷所／旭印刷株式会社

製本所／本間製本株式会社





●お問い合わせ
https://www.kadokawa.co.jp/（「お問い合わせ」へお進みください）
※内容によっては、お答えできない場合があります。
※サポートは日本国内のみとさせていただきます。
※Japanese text only

定価はカバーに表示してあります。




ISBN 978-4-04-114369-8　C0093